cada um a seu modo
contos

marcelo f. lotufo

posfácio de vilma arêas

Dados Internacionais de Catalogação na Publicação (CIP) de acordo com ISBD

L884c   Lotufo, Marcelo Freddi

        Cada um a seu modo / Marcelo Freddi Lotufo. - São Paulo : Edições Jabuticaba, 2020.
        148 p. ; 11cm x 18cm.

        ISBN: 978-65-00-13047-8

        1. Literatura brasileira. 2. Contos. I. Título.

2020-2897   CDD 869.8992301
                             CDU 821.134.3(81)-3

Elaborado por Vagner Rodolfo da Silva - CRB-8/9410

Índice para catálogo sistemático:
1. Literatura brasileira : Contos 869.8992301
2. Literatura brasileira : Contos 821.134.3(81)-34

primeira edição dezembro 2020

primeira reimpressão julho 2023

© Edições Jabuticaba

© Marcelo Lotufo

Revisão: Cláudia T. Alves e Rodrigo A. do Nascimento

Design miolo: Marcelo F. Lotufo

Design capa: colaboração Marcelo Lotufo e Bruna Kim

Imagem da capa: "Interior com Ida tocando piano" 61cm x 76 cm

óleo sobre tela de Vilhelm Hammershøi

Edições Jabuticaba
www.edições jabuticaba.com.br
www.facebook.com.br/Edjabuticaba
Instagram: @livrosjabuticaba

O Tempo dos Beija-flores	9
Nora Helmer	29
Passacaglia Literária	59
Pássaro Rebelde	85
Dia Nublado	113
Lutar Com Palavras	137
por Vilma Arêas	

cada um a seu modo

O Tempo
dos Beija-flores

À medida que passávamos, divertíamo-nos observando os beija-flores.
Charles Darwin

1.

Voam, logo existem.

2.

As menores, mais rápidas e glutonas entre todas as aves. A mais resiliente das criaturas que povoam os ares. Colibri, pássaro-mosca ou beija-flor? Quantos nomes pode ter a mesma coisa, o mesmo sentimento, a mesma pessoa?

3.

O beija-flor
é poligâmico.
é muito rápido.

é bastante canoro.
é pilhador habitual.
é tropical e subtropical.
é uma ave de pequeno porte.
é um pássaro da família *Trochilidae*.
é originário das Américas e ocorre do Alasca à Terra do Fogo.
é a única ave capaz de voar em marcha a ré e de permanecer imóvel no ar.
é dos poucos vertebrados capazes de detectar cores no espectro ultravioleta.

Ao definirmos um beija-flor, sabemos realmente o que ele é? Ou estamos sempre aquém da complexidade daquilo que vemos?

4.

Sérgio Buarque de Holanda, em *Visões do Paraíso*, conta a seguinte anedota: viajantes e exploradores europeus, ao chegarem às Américas, ficaram maravilhados com os beija-flores. Na Europa, vale lembrar, este pássaro não existia. Para eles a ave era um mistério. Alguém, entretanto, o desvendou: era o último estágio evolutivo das borboletas, o terceiro estágio das lagartas, que só acontecia no calor tropical de terras distantes. Não demorou para diversos viajantes verem com os seus próprios olhos borboletas se transformarem em beija-flores; pássaros apanhados no ato metamórfico, metade ave, metade inseto. Eles – os viajantes – viram com os seus próprios olhos; testemunharam o fato. Como, portanto, contradizê-los?

5.

Beija-flores me interessam há algum tempo. São, de certa forma, parte da minha história. Em seu sítio, o meu avô preparava água com açúcar para atrair esses pássaros à varanda. São poucas as memórias que tenho dele, mas me lembro do seu cuidado com o pequeno bebedouro que precisava ser lavado e esterilizado diariamente para os pássaros não acabarem envenenados por algum fungo, vírus ou bactéria. Para uma criança que via tudo com um certo alumbramento de viajante novo em terra desconhecida, havia algo religioso na maneira cuidadosa e metódica com que o ancião da família preparava a água dos beija-flores. Ver diversos passarinhos parados no ar, batendo suas asas em zunido, contrariando a lógica gravitacional que até mesmo criança eu já entendia, coroava de uma forma estranha todo o cerimonial que eu presenciara um pouco antes. Era um primeiro contato com a metafísica; com o improvável; com o inexplicável do mundo. Quando o meu avô morreu, eu não estava por perto. Meus pais haviam me enviado para Bonito em uma excursão escolar. Ao voltar, ao invés de ter melhorado do seu resfriado, ele não estava mais presente. Os beija-flores, no entanto, continuavam vindo à sua varanda procurar pelas flores de plástico que ninguém mais preparava para eles.

6.

Às vezes é muito difícil dizer o que queremos. É preciso dar voltas e voltas e mais voltas; ou talvez voar em círculos. É preciso usar de tangentes; de milhares de artifícios. Às vezes é preciso até mesmo se perder. Ou, talvez, não dizer nada. Ou dizer tudo, menos o que realmente queremos dizer. Às vezes nem mesmo importa o que dizemos; mas, às vezes, faz toda a diferença.

7.

"Preciso dizer algumas palavras ao público geral, e em especial ao sexo frágil de ambos os mundos, o novo e o velho, explicando que não fará diferença alguma para estas pequenas tribos de seres alados se as senhoras privarem-se de usar como adornos as penas dos mais perfeitos passarinhos, da mais brilhante das joias da criação: dos beija-flores." Encontrei esta defesa à caça aos beija-flores em uma revista inglesa do século XIX. Quase levamos estes pássaros à extinção. A lógica do capital, a mesma lógica da oferta e da procura que os colocou em perigo, entretanto, também os salvou, ao menos por enquanto. Isto é, as suas penas saíram de moda e nós paramos de persegui-los com tanto afinco. Ainda assim, o texto continua relevante. Ele aponta, talvez sem querer, para como o prazer do outro nunca é tão importante quanto o nosso. "[Os caçadores] pegavam de 30 a 40 beija-flores por dia, e os vendiam por um *cuartillo* para comer. Gordos, assados, são uma delicatesse que o próprio Lucullus teria aproveitado. Por isso, é muito provável que ao recusar usá-los como ornamentos, o resultado desejado – salvar estes passarinhos – também não seja obtido e eles simplesmente servirão de alimento para os locais, ou de pasto para a grande quantidade de aves de rapina e outros animais que se deliciam com eles durante o ano todo." Se os beija-flores terão de morrer, o texto argumenta, que o façam para o nosso deleite e não o de outrem. Quem está disposto a abrir mão de seus luxos diários e ambições de beleza para salvar da extinção algo tão efêmero e arredio como os beija-flores? Por que poupá-los sem saber ao certo se eles acabarão ou não no prato de algum estranho? De um selvagem qualquer? De alguém que não sabe o valor de suas penas?

8.

Em menor quantidade, ainda usamos penas de beija-flores, às vezes sem nos darmos conta. Elas estão em pequenos artesanatos, em brincos e colares comprados em férias na Amazônia, comprados de pequenos caixeiros viajantes, ou mesmo de hippies anacrônicos na Avenida Paulista. Mas devemos nos culpar por um mal que fazemos sem perceber? Um cartaz do Ibama, nos alertando para o consumo de artesanatos e o perigo que este traz aos pequenos beija-flores, pergunta: qual o preço da sua vaidade?

9.

Ambicioso, eu quis ver o mundo. Quis ler em muitas línguas. Quis viajar e ir atrás de outras experiências. Pressupõe-se, assim, que as experiências de onde eu estava não me bastavam. A minha avó, toda vez que eu lhe telefonava, perguntava de onde eu falava, de qual país? de qual cidade? de qual bairro de São Paulo? Ela nunca se lembrava do último destino do seu neto. Era um sinal de que já estava com Alzheimer; ou de que, talvez, eu viajasse demais. De qualquer forma, para ela o que importava era o fato de eu não estar onde ela estava. Tanto fazia se eu estava em Paris, na Argentina, ou em Campinas. Para mim, entretanto, o importante era que eu estava vendo o mundo, enquanto, sem perceber, envelhecíamos.

10.

Mas estar presente nem sempre é uma solução. Achamos que está tudo compreendido, translúcido, na nossa frente, quando na verdade não sabemos o que vemos ou vivemos. Seria, portanto, a distância um mal necessário? Comparemos, a título de exemplo, os viajantes de Sérgio Buarque de Holanda com o rinoceronte de Albrecht Dürer. Se, ao verem os beija-flores, os viajantes mencionados pelo historiador juraram ver insetos se transformarem em passarinhos, o pintor alemão desenhou rinocerontes de grande perfeição sem os ter visto; tudo a partir de uma descrição que lera no jornal. Rinocerontes, assim como beija-flores, não existiam na Europa. Mesmo depois que estes animais chegaram ao velho continente, primeiro empalhados, depois enjaulados, o desenho de Dürer continuou servindo de representação pictórica do animal para diversas enciclopédias e livros didáticos, até a segunda metade do século XVIII. Se Dürer tivesse ido à África, talvez nunca tivesse desenhado o seu rinoceronte, encantado com a grandeza da paisagem que encontraria; ou talvez tivesse desenhado tantos animais que o seu rinoceronte passaria desapercebido; ou talvez nunca tivesse retornado; ou talvez tivesse, mas enlouquecido e doente, como Rimbaud. Ou talvez tivesse desistido de desenhar, ciente de que as maravilhas daquele continente não caberiam no seu caderno. É impossível saber. O fato, contudo, é que ele ficou na Alemanha, ou no que viria a ser a Alemanha, e desenhou, depois de ler o jornal, um rinoceronte de grande perfeição.

11.

Se eu pequei pela ausência involuntária na morte do meu avô, não quis arriscar fazer o mesmo quando a minha avó adoeceu. Uma doença misteriosa que afetava o seu apetite. Me ofereci para ajudar; estava de férias. Passávamos horas no sofá, conversando, enquanto eu insistia para que ela comesse. Demorávamos uma tarde toda para terminar meio mamão. Ela, sempre enjoada; eu, um pouco impaciente. Já não escutávamos mais as suas vontades. Com o avanço da Alzheimer, não era fácil manter a calma. As suas repetições começavam a nos tirar do sério. Ela se rebelava contra o que nos parecia óbvio – era preciso se alimentar – e transformava-se, aos nossos olhos, em uma criança. Não era mais a mulher que criara quatro filhos sozinha, que fora professora universitária, que me ajudara a fazer lições de português e matemática, que adorava assistir ao

Repórter Eco na televisão. Ao mesmo tempo, era a mesma mulher que criara quatro filhos sozinha, que dera aulas de reforço escolar no projeto social da sua igreja, que me contara milhares de histórias que eu nunca poderia ter imaginado sozinho. A situação desafiava a nossa lógica, assim como os beija-flores desafiavam a lógica dos viajantes.

12.

Herman Hesse, em *Steppenwolfe*, diz o seguinte: "quem procura algo, muitas vezes não acha aquilo que procura. Mas quem não sabe o que procura, sempre há de encontrar algo. O melhor mesmo é andar sem rumo; sem saber o que se busca." Eu gosto da proposição. Ainda que não tenha muito a ver com beija-flores, diz algo sobre este texto e a necessidade de falar sobre passarinhos. Eu acrescentaria um adendo: pior do que nunca encontrar o que se procura, é descobrir que aquilo que procurávamos era exatamente o que escolhemos deixar para trás e ao qual já não podemos mais retornar.

13.

Nas bases de dados acadêmicas há milhares de artigos científicos sobre beija-flores. Quanto mais específicos, menos compreensíveis eles são. Veja, por exemplo, a seguinte frase, tirada de um desses artigos: "a aderência entre comprimento e curvatura de corolas de bromélias e bicos de beija-flores são testadas por regressão logística ordinal". O que ela quer dizer? A técnica e a ciência também podem ser obstáculos para a compreensão. A linguagem, quando menos percebemos, se torna jargão. Para os não iniciados, parece propositalmente obscura. Parece não dizer nada.

14.

Há, entretanto, um segundo grupo de artigos nessas bases de dados, menos científicos, que parecem estar ali por acaso. São textos escritos por diletantes e amantes de passarinhos dispostos a passar horas observando beija-flores. São, muitas vezes, artigos sem tese clara, ou sem o linguajar acadêmico; mas, para um leigo, muito mais interessantes do que os textos técnicos. Destes passarinheiros diletantes, dois chamaram a minha atenção, pelo diálogo que estabelecem. O engano, visto em retrospecto, parece sempre uma bobagem, mas não deixa de ter valor. O Duque de Argyll, no início do século XIX, postulou que "nenhum pássaro pode voar de costas". Em seu ensaio, o Duque menciona o beija-flor, dizendo que este parece voar para trás, mas que na verdade ele não voa, mas sim cai ao se aproximar de flores localizadas perto do solo, dando a impressão de voar em marcha a ré. A diferença é importante, afinal cair e voar são opostos. Em 1883, porém, Bradford Torrey, um morador de Boston, quis provar que o Duque estava errado. Em uma manhã de setembro daquele ano, "ao olhar as moções de um beija-flor (*Trochilus Colubris*)", ocorreu a Bradford "testar o *dictum* estabelecido pelo duque". O Duque, como mostrou Bradford, e como já vimos no fragmento número 3, estava mesmo equivocado. Segundo Bradford, "ao menos que meus olhos estejam completamente enganados, o beija-flor pode sim voar de costas. (...) O beija-flor que eu observava provava uma após a outra as flores de petúnia e, mais de uma vez, quando estava em uma flor bastante baixa, simplesmente levantava voo, em vez de cair para trás, distanciando-se da flor e do solo. Eu fiquei parado observando e não acreditava estar enganado em minha descoberta". Bradford não foi o primeiro a mostrar o engano do Duque e, talvez por isso, não obteve fama ou repercussão no meio científico. Podemos presumir, então, que o melhor daquela manhã não foi a descoberta em si, mas o prazer de tê-la feito, somado ao prazer de ir observar passarinhos em um sábado de outono.

15.

A história de Bradford me faz pensar que às vezes o mais importante é fazer perguntas, independentemente de encontrarmos ou não respostas, independentemente de termos como respondê-las ou não. Perguntas, aliás, desdobram-se com maior facilidade do que respostas, mostrando-se um campo fértil para a literatura. Arrisquemos, assim, fazer algumas perguntas: como será a percepção do tempo para os beija-flores, batendo asas milhões de vezes por minuto? E para um menino de vinte anos e uma avó de oitenta e quatro? Ou ainda: o tempo é o mesmo para quem viaja e para quem fica? Uma manhã de sol passada com alguém que admiramos é só uma manhã de sol ou sua lembrança vale por muitos outros dias?

16.

O enjoo da minha avó era câncer no estômago. Não adiantava insistirmos para que ela comesse. Enquanto fazia quimioterapia, alimentava-se por soro intravenoso. Parecia besteira, mas o soro me lembrava o bebedouro dos beija-flores, pendurados não mais em uma varanda, mas ao lado da cama da minha avó. No hospital, o que mais me impressionou foi como ela se assustava toda vez que acordava de um pequeno cochilo. Não se lembrava quem havia colocado aquelas agulhas em seus pulsos; não se lembrava por que estava no hospital. Era preciso sempre alguém ao seu lado para acalmá-la, dizendo que tudo acabaria bem; dizendo que logo ela estaria mais forte e poderia voltar para casa.

17.

Para os Astecas, beija-flores eram deuses. Huitzilopochtli, o deus da guerra, o beija-flor azul, o deus do Estado e da destruição. Por acaso, em uma conferência internacional de latino-americanistas, conheci uma antropóloga que estudava beija-flores nas culturas andinas. Ela me contou que, para alguns desses povos, além de serem deuses da guerra e da destruição, beija-flores também eram um elemento de cura, pois era com o bater de suas asas que esses povos tratavam arritmia cardíaca. Trocamos contatos e seguimos para as nossas próprias apresentações. Quando escrevi para ela dizendo que estava muito interessado em beija-flores e gostaria de saber mais sobre a sua pesquisa e os significados destes pássaros nas culturas andinas, ela não retornou o meu e-mail. Talvez tenha ficado com a impressão de que eu quisesse roubar o seu tema de pesquisa; ou talvez nunca tenha recebido a minha mensagem, que acabou perdida no meio de outros e-mails e spams. Hoje ela é professora em uma importante universidade norte-americana e eu sigo o seu trabalho a distância em revistas acadêmicas e em aulas no Youtube.

18.

Literatura não vai nos salvar; muito menos beija-flores. Continuaremos desconfiados uns dos outros; defendendo nossos próprios interesses. Por que, então, continuar escrevendo? Será que somos canoros e não sabemos ficar em silêncio? Ou simplesmente nos acostumamos a voar contra as paredes?

19.

Aos poucos, minha avó parecia se reestabelecer. Ganhava força graças ao seu bebedouro; à água-soro preparada pelas enfermeiras com o mesmo cuidado que meu avô preparava água com açúcar para os beija-flores. O câncer regredia. Ela engordava. Voltou a comer. Em alguns dias voltaria para a sua casa. Era hora de retornarmos às nossas vidas. De nos reconectarmos com nossas próprias vaidades. Era hora de voltar a viajar?

20.

Há alguns dias, em um aeroporto, abri um romance para ler e me deparei com a seguinte cena, logo nas primeiras páginas: "Ele se debateu contra a tampa e as paredes de plástico, à sombra de Virgílio, que, satisfeito, retapava o liquidificador (...). O pássaro nunca poderia ter imaginado. As flores eram de plástico, a água, adoçada artificialmente, a sombra, armadilha; seu mundo inteiro o traiu. Era natural que ele caísse. Desabou. As lâminas emudeceram por um instante. Quando a força de seu giro afinal venceu a resistência, jogaram contra a parede de plástico uma pasta grossa e molhada vermelho escura".[1] Todos, até os beija-flores, podem se enganar.

21.

Eu estava na Bolívia, terra andina, onde beija-flores simbolizam cura, mas também destruição, quando minha mãe me escreveu uma mensagem de texto, porque não conseguiu me telefonar. Faltou sinal; faltaram palavras. "A sua vó nos deixou enquanto ela dormia. Foi-se, num suspiro, como um passarinho. O que mais importa é que foi amada. O resto não estava sob o nosso controle." Nos últimos dias, minha avó melhorara, voltara para a sua casa, e só então nos deixou, quando não estávamos mais preparados.

---

[1] Rodrigo Lacerda, *Vista do Rio*. São Paulo, Companhia das Letras, 2004.

22.

Em um artigo de jornal, o escritor José de Alencar fala da oportunidade que seus predecessores haviam perdido ao ignorar a beleza daquilo que estava ao seu alcance, para buscar inspiração em terras e tradições distantes. O exemplo dado pelo escritor cearense é o do beija-flor, ave então bastante comum no Rio de Janeiro, mas que ele considerava altamente poética. Em suas pesquisas sobre o passarinho, Alencar descobrira que, para alguns povos originários, os beija-flores eram os responsáveis por resgatar nossos espíritos depois da morte, nos ajudando a completar a travessia para o outro lado, para o mundo dos espíritos. Eram mesmo aves poéticas, voando de flor em flor. E ele as colocou em grande quantidade nos seus romances.

23.

Acabada a vida, não viramos estrela, como disse outro romancista, mas nos escondemos na flor mais próxima, esperando um beija-flor para nos recolocar em movimento com um beijo; para nos ajudar a encerrar um ciclo, dando início a outro. Ele nos leva para além, nos resgata, às vezes nos colocando em um ensaio como este, às vezes nos revivendo em uma lembrança que vale por muitas manhãs. E, quando tudo já está terminado, contra todas as probabilidades, como beija-flores parados no ar, voltamos a bater asas; voltamos a existir.

Nora Helmer

> *Nora, você nunca mais vai pensar em mim?*
> Torvald em *Casa de Bonecas*,
> de Henrik Ibsen

Vem, vamos no meu helicóptero. Tec, tec, tec, tec, tec. Quem é aquele boneco? Aquele é o papai dentro do castelo. O muro é muito alto. Só ele consegue pular. E eu também porque tenho um helicóptero. Tec, tec, tec, tec. A mamãe não, ela fica escondida. Ali embaixo é a minha fortaleza subterrânea. Como a do Batman. Mas ela não gosta de sair porque tem medo. Tec, tec, tec, tec, tec. Mamãe, fica aí que eu já volto. Vou deixar os outros bonecos aqui com você, pra você não ficar sozinha. O papai às vezes briga com os outros bonecos. Por quê? Porque os outros bonecos têm medo dele. Ele é muito forte. E a mamãe? A mamãe também. Eu não tenho medo de nada. Mas ainda sou pequeno. Tec, tec, tec, tec, tec. Depois que a gente brinca, os bonecos precisam ir todos para a gaveta. O papai não gosta de bagunça. Ele fica bravo. Com quem? Ué, comigo e com a mamãe. E a mamãe fica triste. Pil pil pil pil. O que é isso? O helicóptero tem míssil, mas não é de matar.

É só de acalmar, então pode. Ele congela. O que não pode é matar. A mamãe não deixa. Antes de colocar todo mundo na gaveta, a gente atira neles. Quer ver? Pil, pil, pil, pil. Tec, tec, tec, tec. Pil, pil, pil. A gaveta é o castigo dos bonecos. Eu não gosto de castigo. E o papai? Não, o papai não vai na gaveta. Ele fica no quarto comigo. Assim não briga com os outros bonecos.

*

Quando a porta bateu, ele não sabia ao certo o que aquilo significava. Desde pequeno se via nessas situações, enroscado em uma briga que escalava e da qual não sabia como sair. O importante, parecia, era ganhar a discussão. Mas ganhar o quê exatamente? Parado na rua, ele lembrou de olhar o céu. Apesar de tudo, era um dia agradável. Já escurecia e as nuvens flutuavam devagar e indiferentes como em tantas outras tardes. Antes de sair, ele não pensou aonde iria. Mas não podia ficar ali parado. Acabaria com o efeito do ato impulsivo. Pensando em qual direção deveria caminhar, lembrou que foram as árvores enormes na calçada que o fizeram escolher morar naquele bairro. Em algumas horas, ele voltaria para casa como se nada houvesse acontecido. Ligaria a televisão, falaria alguma besteira, escolheria um filme. Por que não? Já fizera isso tantas vezes. Se conseguisse tirar um sorriso dela, seria o sinal de que tudo voltava ao normal. Era difícil colocar em palavras o que ele queria dizer. Depois que dizia o que pensava, sempre achava que havia exagerado. Mas o que poderia fazer? Ela também não era fácil. Era esperar que a rotina apagasse os excessos cometidos, que a vida retomasse o seu curso, e os dois terminassem o dia assistindo à televisão enquanto o menino brincava no quarto.

As palavras dela ainda ecoavam na sua cabeça. Babaca. Você é um escroto. Um jornalista de merda que só pensa em si próprio e acha que sabe tudo. De onde ele tirou aquelas histórias de uma década atrás, só para responder à altura? E tudo por um motivo tão besta. O menino não ia bem na escola. Não socializava, segundo a diretora. A psicóloga queria conversar. Não só com ela, mas com ele também. Ninguém sabia ao certo o que ela diria, mas os dois tinham certeza de que a culpa seria do outro. Era ela quem passava a maior parte do tempo com o menino, como ele poderia ser o responsável pelas esquisitices dele? Mas nada disso tinha a ver com aquela história que ele desenterrou. Aquele ciúme repisado de tantos anos. Ao menos era um sinal de que ainda se gostavam. Por isso sentiam-se magoados; por isso ainda sentiam ciúme. Ainda sentiam desejo um pelo outro. Se ele não gostasse mais dela, ainda se importaria que ela tivesse saído com outros colegas na época da faculdade?

A rua, movimentada pelas pessoas saindo do trabalho, andando no seu contrafluxo, deixava-o um pouco aturdido. As suas pernas decidiam aonde ir. Ele só queria se sentar em algum lugar e esperar um pouco antes de voltar para casa. De quanto tempo ela precisava para se acalmar? O pior da cena era a banalidade. O menino chorando enquanto os dois gritavam. O prato que ele derrubou sem querer e que quebrou se estilhaçando no chão. De repente nos tornamos nossos pais. Por algum motivo, o que mais o irritava era ela tê-lo chamado de escroto. Ele realmente não gostava daquela palavra. Até aceitava ser um jornalista medíocre, mas não era escroto. Será que em dez anos, quando brigassem de novo, ele se lembraria desse dia, do gosto com que ela dissera aquela palavra? Da mesma maneira que lembrou do ciúme da época da faculdade? Não era culpa dele se foi esta a memória que veio enquanto discutiam. Ele não era egoísta e ela sabia. Não era escroto. Mas não precisava ter dito o que disse. E tudo por um motivo tão besta.

*

Ela não entendeu muito bem como o prato havia quebrado, se ele o derrubara de propósito, ou se fora um acidente. Nos últimos anos, quando começavam a brigar, desembocavam nos lugares mais inesperados. Mas nunca conversavam de fato sobre o motivo da briga. Era ela quem se tornara impaciente? Ou foi ele quem mudou nestes anos juntos? Depois fingiam que estava tudo bem. E era sempre ela quem precisava ceder. Mas por quê? Já cedera tanto. Agora recolhia os cacos. Ela não estava mais disposta a deixá-lo fazer o que quisesse, sem levar em consideração o que ela pensava. Há séculos vinha cedendo. Por trás do pragmatismo dele estava a dificuldade em aceitar que ela também se sacrificava pelos dois. Estavam presos um ao outro por causa do menino. Com o silêncio na sala, ela o escutava brincando sozinho no quarto. Ou será que estava chorando? Às vezes era difícil saber a diferença. Às vezes ela não tinha vontade de descobrir a verdade. De ir até o quarto para ver como ele estava. É óbvio que ele não estava bem. Ninguém ali estava. A psicóloga era uma última tentativa de consertar as coisas e ele preferia não participar. A ideia partira dele, por que agora se sentia tão ofendido com o pedido para estar presente em algumas sessões?

Cacos grandes e cacos pequenos. As linhas brancas no fundo azul não se encontravam mais. Faltava alguma parte do prato que ela não achava por nada deste mundo. No começo pensou que talvez pudesse colar tudo de volta, mas não havia como. Uma pena. A casa, agora, não seria a mesma. O prato estava ali naquela mesa há quase uma década. Ganharam dos seus pais quando decidiram morar juntos. Era o objeto mais próximo que tinham de um presente de casamento. Ela sorriu com o pensamento: o prato era mais velho do que o menino. No que ela pensava quando aceitou ter um filho? Ela evitava pensar sobre isso, mas não gostava de crianças. Devia ter batido o pé. Quando entendeu que estava grávida, o seu primeiro impulso foi o de procurar uma clínica de aborto. Quantas amigas não tinham feito o mesmo? Uma colega ofereceu remédios contrabandeados do Uruguai. Não devia ser tão complicado conseguir um aborto; era a escolha certa. Eles não estavam preparados. Ela não sabia se queria uma família. E havia acabado de começar um trabalho novo, ensinando teatro em uma escola. Não iriam querer que tirasse uma licença e de fato não a deram. Até hoje ela não entendia por que ele se sentiu tão ofendido com a ideia de um aborto.

Talvez ele estivesse mesmo dormindo. Ao menos ela não o escutava mais. A sala estava praticamente arrumada e os cacos embrulhados em um jornal. O que mais ela precisaria fazer antes de ele voltar? Só agora sentia o peso da casa vazia sobre ela. Sentia um aperto. Uma vontade de chorar. Ele simplesmente saíra sem dizer nada, pressupondo que era sua obrigação tomar conta do menino. E se fosse ela quem tivesse saído daquele jeito, ele se lembraria de preparar o jantar, de ver se ele se aprontaria para dormir no horário, se não se debruçaria na janela sem tela da cozinha para brincar? Quando os dois se conheceram, era ela a impulsiva, não ele. Um cansaço se abateu sobre ela. Não sabia o que fazer com os cacos recolhidos. Não sabia o que queria. O menino estava tão silencioso, talvez ela não precisasse esquentar o jantar para ele. Não faria mal deixá-lo uma noite sem comer, faria? No começo, ela tinha tanto medo de que ele morresse de repente; tinha medo do que ele diria para ela; da culpa que certamente recairia sobre ela. Sentada no sofá, ela olhava a parede. Quando ele voltasse, simplesmente fingiriam que nada acontecera. Talvez ele se desculpasse. Talvez aceitasse ir com ela e o menino à psicóloga. Mas faria alguma diferença se ela não sabia o que, de fato, queria?

*

Sentado à mesa, esperando o garçom trazer uma cerveja, os desentendimentos entre os dois pareciam mais distantes do que realmente estavam. O melhor era mesmo esperar e deixar que a briga se dissipasse. Eles já haviam passado por isso outras vezes. O dia no trabalho não foi dos mais fáceis. Desde que o novo governo assumira, ele não tinha mais prazer em cobrir os acontecimentos. Qual a última idiotice que o presidente falou? Ela precisava entender o estresse pelo qual ele passava. Todos no jornal estavam no limite. Tinha sido um exagero brigar por um motivo tão besta. Se a psicóloga queria conversar com os três, não custava ir encontrá-la. Mas deixassem para depois. Ela deveria se esforçar para a vida ser, ao menos em casa, um pouco mais leve. Não era tão complicado entender por que ele andava nervoso, era? Olhando os casais no bar, timidamente animados, era difícil não querer se sentir leve como eles. Eles já foram assim, despretensiosos. Certamente podiam voltar a sê-lo. Afinal, ainda se gostavam. O que ela fazia em casa sozinha? Será que já se acalmara?

Tudo mudou tão rápido que ele mal percebeu. A cerveja gelada o levava aos anos de faculdade, sem dúvida os melhores da sua vida; anos de grande promessa, como ela gostava de dizer. Fazia quanto tempo que eles não saíam juntos, só os dois, para beber alguma coisa e conversar? Sentado sozinho, ele lembrava com saudades dos primeiros anos de namoro, da timidez das primeiras vezes em que se encontraram. Depois de tanto tempo, a insegurança dos primeiros dias parecia algo cômica; um total despropósito, deslocado pelos anos que se seguiram. A primeira vez que dormiram juntos, na casa de um amigo, depois de uma festa onde ele finalmente conseguiu se aproximar dela, era uma das suas memórias preferidas. Os dois deitados lado a lado, cada um em um colchão, escutando a própria respiração subir e descer, sem saber ao certo até onde podiam ir. Claro, haviam se beijado na festa, mas até aí todos se beijavam naquele tempo. Ela era a irmã de um colega, estudante de letras e teatro, e sempre participava dos encontros da turma de jornalismo. Deitado em silêncio, ele pensava se deveria ou não estender o seu braço até o colchão dela, tentar um toque no escuro que mostrasse a sua vontade de ir além dos beijos que haviam dado mais cedo. Ele nunca foi bom em ler as vontades alheias; sempre considerava o que poderia dar errado, na rejeição que sentiria se ela não se abrisse para ele. Mas antes que decidisse o que fazer, sentiu uma mão se estender até onde estava, sorrateira, tateando no escuro à procura do seu corpo.

Onde estava o seu celular? A raiva, dissipada, não fazia mais sentido. Depois daquela cerveja, será que já poderia voltar para casa? Pedir desculpas era mais difícil do que parecia. A culpa não era dele se estava cansado. A corja governista começara a perseguir jornalistas que escreviam sobre eles. Dois colegas já haviam sido processados. Ninguém sabia até onde o jornal estava disposto a ir para protegê-los. Se ele perdesse o emprego, como fariam? Ela precisava entender que a situação era complicada, mas que esta não era a sua natureza. Se pudesse, ele voltaria àqueles primeiros dias; àquela passividade e àquela calma tão suas. Ele nunca quis trabalhar em um jornal como aquele, oito horas por dia, com fechamentos e reuniões todas as tardes. Mas com ela e o menino dependendo dele, ele não podia continuar vivendo de bicos. Ele sabia que ela adiara uma carreira para ficar com o menino, mas ele também tivera de mudar os seus planos. Não era justo chamá-lo de escroto. Ele queria o melhor para todos. Por que ela ainda não telefonou? Será que não estava preocupada?

*

Não, ele não era um homem mau. Todas as suas amigas tinham alguma história de violência com namorados; algum idiota que as empurrou por ciúme, ou que tirou a camisinha sem dizer nada enquanto transavam. Ele, ao menos, nunca fizera algo assim. A ideia de transar sem camisinha foi dela. Por isso, talvez, não tinha coragem de deixá-lo. Sentada na sala, percebeu uma almofada caída embaixo da mesa. Talvez o menino a tivesse deixado ali. Era tão difícil recolher os brinquedos ali embaixo; sempre machucava os joelhos. Por que raios ele precisava se enfiar em lugares tão estranhos? Quantas vezes, sem nem perceber, ele passou por cima de uma almofada ou brinquedo caído no chão de casa? A almofada a fazia pensar na sua tia. Foi por causa dela que resolveu estudar Letras. Uma mulher tão inteligente, que sempre parecia estar arrumando a casa. Nos almoços de domingo enquanto todos conversavam, ela corria de um lado para o outro garantindo que tudo estivesse perfeito; que todos tivessem os seus desejos atendidos. Quando a visitava, ela sempre separava um livro da sua biblioteca para ela levar de presente. Mas a imagem que lhe vinha agora era ela sorrindo, buscando mais arroz, distribuindo descansos de copo para todos que queriam beber cerveja, fritando um ovo para o filho vegetariano que não queria comer a carne que ela assara para o almoço. Se ela não recolhesse a almofada, ela provavelmente ficaria no chão até que ela mudasse de ideia e decidisse recolhê-la; ou até que o menino a levasse para outro canto da casa em uma de suas brincadeiras.

Num desses almoços, ela tentou conversar com a tia. Entrou na cozinha onde ela preparava o café que, todos diziam, só ela sabia fazer bem daquele jeito. Uma desculpa para ninguém precisar se mexer. Quando ela entrou na cozinha, viu sua tia sentada à mesa, apoiando a cabeça nas mãos, descansando por um minuto enquanto a água quente passava devagar pelo coador, como areia em uma ampulheta. Lembrando da cena, sentia vontade de chorar. Mas não era dó da sua tia; era uma tristeza por ela própria; uma vergonha da sua inocência. Ainda adolescente, achando que entendia tudo sobre o mundo, foi direto ao que parecia ser a maior injustiça da família. Mas logo se arrependeu. Tia, a senhora é feliz? Você sabe que não precisa ficar servindo toda essa gente mal agradecida, não sabe? Estava tão claro agora como ela sabia tão pouco da vida e de seus desafios. Assustada, a tia se levantou como se a tivessem pegado fazendo algo errado; como se a única coisa que ela pudesse ter vindo fazer na cozinha fosse reclamar que o café estava demorando. O silêncio da casa a incomodava cada vez mais. Será que o menino estava bem? Era melhor ela ir checar no quarto se ele estava dormindo. Afastando os seus devaneios, recolheu a almofada e a colocou no sofá onde antes estava sentada. Faria um sanduíche e deixaria na mesa ao lado da cama caso ele já estivesse dormindo. O sorriso que a sua tia lhe deu naquele dia dizia muito sobre a sua ingenuidade. Filha, eu não ligo. Gosto de ter todo mundo por perto. Me ajude a levar a bandeja para a sala.

Não era possível que as coisas continuassem assim. As brigas entre os dois acabavam sempre da mesma maneira, como se nunca tivessem acontecido. Como ele podia ser orgulhoso desse jeito? Será que achava mesmo que tudo se resolveria sem que ele precisasse participar? Como podia dizer aquilo para ela? Que era ela a egoísta; que sempre fora assim, desde que se conheceram, preocupada só com o seu prazer; a mais hedonista da turma. Ela devia ter seguido os seus instintos; não devia ter aceitado uma gravidez que não queria; ter se prendido a um relacionamento. Às vezes é tão difícil saber o que queremos; mas ela sabia e mesmo assim não o fez.

*

Você faz muitas perguntas. Eu não gosto. Eu já falei, aqui não cabe mais ninguém, só quem eu deixo entrar. E não pode falar alto. Essa é a regra. Não pode gritar. Nem brigar. Nem correr. Tem de falar sempre baixinho. E quem fez essas regras? Ninguém. Elas sempre foram assim. Na fortaleza ou cabe a mamãe ou cabe o papai. Eu sempre caibo. Mas eles não cabem juntos porque é muito apertado. Muito muito apertado. Nem o helicóptero cabe. Ele precisa ficar lá fora. E se eu quiser ir embora? Tem uma saída secreta. Ela é bem lá no fundo e ninguém conhece e só eu sei abrir. E ela dá no helicóptero, mas só eu sei disso. E você, porque eu te contei. E tem outro segredo que eu vou te contar também, mas você não pode contar para ninguém. Quem me desobedece e fala alto, eu coloco de castigo na prisão que também tem aqui dentro. Por isso que é apertado. Tem minha casa e tem a prisão. E ninguém consegue sair porque só eu tenho a chave. Então, quando alguém briga, eu coloco de castigo até se acalmar. E se gritar lá dentro ninguém escuta porque é muito fundo e à prova de som. E tem de ficar preso até eu abrir.

*

Uma voz familiar no fundo do bar chama a sua atenção. Dois rostos conhecidos, amigos do tempo de faculdade, gritam um com o outro em meio a risadas. É curioso como algumas pessoas parecem não mudar e continuam vivendo a mesma vida que você deixou para trás há tanto tempo. Eles mudaram tanto depois de se tornarem um casal e ainda assim continuavam tão diferentes um do outro. Sempre que brigavam, ela demorava mais do que ele para voltar ao normal; parecia gostar de remoer os desentendimentos. Depois que o menino nasceu, a vida se organizou no entorno dele, na busca por novos amigos que estivessem numa fase parecida, com responsabilidades e cuidados excessivos com os próprios filhos. Ele nunca ligou, mas agora achava tudo uma chatice tremenda. Precisavam sair mais, só os dois; precisavam se reconectar aos velhos amigos; ter uma vida mais jovem. Há quanto tempo eles não viam o pessoal? Agora que o menino estava maior, as coisas certamente iriam melhorar. Era só uma fase difícil pela qual haviam passado. A sua mãe podia ficar com ele por algumas horas. Gostava tanto do neto. Seria bom relaxar um pouco. Ele só iria dar oi aos antigos colegas. Se estivesse preocupada, ela já teria telefonado. Depois voltaria para casa.

Após os abraços e as apresentações em volta da mesa, das perguntas inevitáveis sobre ela e o menino, das piadas sobre estarem cada dia mais jovens, ele se sentou em uma cadeira no canto da mesa, como sempre fizera. Gostava mais de observar do que de falar. Era engraçado, mas sentia-se leve, apesar da briga ainda não resolvida. Sem entender por que, sentia-se otimista com o futuro. Olhando os amigos conversarem, pensava que a vida dele, afinal, não era das piores. Apesar de tudo, estava mais conservado do que os colegas. É verdade, sentia falta da vida mais despretenciosa da época de faculdade, mas não podia reclamar do dinheiro que ganhava no jornal; dos confortos que eles tinham. A vida estável dos dois tinha vantagens. Foi a busca por estabilidade, a maturidade prematura, que possibilitou a amizade com o editor algumas décadas mais velho do que ele. Foi o seu jeito conservador, de homem casado, que abriu as portas nos escalões um pouco mais altos do jornal; foi assim que conseguiu se firmar na redação. E apesar de trabalhar em um cubículo, ainda tinha sua dose de aventuras: as viagens para Brasília e Rio de Janeiro, onde vistoriava as sucursais e fazia matérias colaborativas. Nessas viagens, sem precisar se preocupar com ela e o menino, sempre conseguia espairecer um pouco.

Ainda assim, havia uma alegria em retornar para casa. Ele precisava admitir. Menor nos últimos anos, mas tudo logo voltaria ao normal. Esta briga viera para que eles se reencontrassem; para que lembrassem que eram, antes de tudo, dois ótimos amigos. Porque ela ainda não telefonou? Os colegas combinavam uma descida à praia. Quando ele voltasse, iria propor que todos os três fossem viajar. Ou, talvez, sugeriria que ela viajasse com as amigas para algum lugar. Ele ficaria com o menino. A mãe dele ajudaria. Talvez assim ela entendesse, como ele agora entendia, o valor da vida calma que os dois levavam. O assunto da mesa não o interessava. A mesma conversa de quando estava na faculdade, sobre o fim do jornalismo e a irrelevância das mídias tradicionais; sobre a vontade de fazer jornalismo de verdade e independente. Será que ela, antes de sair com ele, havia saído com algum dos dois colegas que estavam ali? Ela precisava reconhecer que também tivera sorte. Ele até podia ser escroto, mas ao menos era um escroto com uma carreira. Não dava para dizer o mesmo dos outros dois.

*

No quarto, o menino estava mesmo dormindo. Ela sentiu-se aliviada. Da porta, segurando o sanduíche, o observou por um momento. Olhá-lo era lembrar dos últimos cinco anos, de todo o tempo que passaram juntos; de como ele era pequeno, mas depois cresceu, e estava cada dia mais parecido com o pai. Foi difícil aceitar que ela não tinha leite suficiente para amamentá-lo, que precisava complementar com a fórmula indicada com a maior naturalidade pelo médico. Ele, sempre tão pragmático, não entendia a sua resistência. Qual é o problema? Você dá de mamar e completamos; ninguém está te cobrando nada. A sua vida nos últimos anos passou a girar sempre no entorno do menino e, por isso mesmo, ele sempre se sentia no direito de opinar. O que ela poderia esperar dos próximos anos se não mais do mesmo? Ele era tão seguro. Sempre tinha a melhor resposta, a solução para os seus problemas. Aos poucos se tornou mais fácil aceitar o que ele propunha do que pensar em soluções próprias. Mas nos últimos anos tudo havia se tornado mais difícil; ela não conseguia esconder as suas frustrações e os dois começaram a brigar. Era por isso que doía tanto quando ele falava que era ela a hedonista. Ela, que não sabia mais quem era. Como ela podia ser tão egoísta e não entender o momento delicado pelo qual ele passava no jornal; pelo qual todo o país passava?

No início parecia mesmo um bom plano o que ele traçara. Nos primeiros anos ela cuidaria do menino em casa e, quando ele estivesse maior, poderia voltar a dar aulas, retomar os seus estudos, o sonho de fazer pós-graduação. Não havia questão de gênero. Ele simplesmente era um pouco mais velho e tinha um emprego melhor. Se fosse o contrário, ele não ligaria de ficar em casa. O mais engraçado, quando ela parava para pensar, era que, segundo ele mesmo, quando os dois se conheceram foi a impulsividade dela que o atraiu. Ela que não sabia mais o que queria; que não conseguia tomar uma decisão sem que ele opinasse. Como ela podia, em tão pouco tempo, ter se tornado uma pessoa tão diferente? A imagem da sua tia, sorrindo para ela de forma compadecida, fazia cada dia mais sentido. Se ela mudou e ele não parecia se dar conta, o que isso dizia sobre ele? Como ficar juntos sem ao menos entender quem eles eram; quem eles haviam se tornado? Como ajudar um outro ser humano a se encontrar sem saber o que esperar da própria vida? Eles continuavam juntos sem falar sobre essas coisas, passando de uma briga a outra como se a qualquer momento simplesmente fossem se reencontrar. Este, ao menos, parecia ser o plano que ele havia traçado. Ele negava, mas sempre quis ser um figurão no jornal, sempre quis uma esposa e um filho para exibir por aí, para ajudar na sua carreira. Estava feliz com o caminho que as coisas tomaram. Mas o que sobrava para ela além de cuidar do menino? E, se ele a achava mesmo egoísta, como podia confiar o seu filho a ela?

Um barulho na porta de entrada chamou a sua atenção. Foi ver se ele havia voltado. O que ela diria quando ele entrasse pela porta? Não podia fingir que tudo, mais uma vez, voltaria ao normal. Mas se ela não sabia quem era, o que queria, como poderia confrontá-lo? Não podia. Ele tinha respostas para tudo. A rotina se instauraria novamente, recolocando-os no mesmo caminho de antes; no mesmo plano que ele havia traçado há tanto tempo e no qual ela era só mais uma peça.

*

De toda a mesa, a pessoa mais interessante era a nova namorada de um dos seus amigos. Os seus colegas discutiam alguma variação de uma história que ele já escutara outras vezes. Simpática, ela o lembrava de si próprio nos primeiros anos da faculdade. Tentava sem muito êxito entrar na conversa. Não se importava em parecer desajeitada. Focava na certeza de ter algo a dizer. Poucas coisas eram mais sedutoras do que uma opinião oferecida com convicção. Mas não, ele não mudaria nada na sua vida; queria continuar com as coisas como estavam. Sentia alguma curiosidade, mas nada além disso. Como seria namorar alguém tantos anos mais jovem? Que tipo de mundo eles compartilhariam? O que possuíam em comum? Foi mesmo uma besteira terem brigado daquele jeito. Ele gostava do fato de que tinham uma história, mas isto também tinha um peso; fazia com que as brigas trouxessem memórias e ciúmes que eles achavam já ter superado. Era difícil saber se alguém tão jovem se tornaria, com o tempo, uma pessoa interessante; ou se acabaria escrevendo listas de dez mais para algum portal de internet. Apostar em algo assim ia contra os seus instintos; o melhor era escolher o certo. Eles estavam em um bom caminho. O menino se tornaria cada dia mais independente e ela poderia voltar a trabalhar; quem sabe não poderia dar aula na mesma escola em que o menino estudava? Seria bom para os dois. E ainda economizariam dinheiro.

A cacofonia do bar, com os amigos falando um mais alto do que o outro, começava a irritá-lo. Ele já não bebia cerveja como antes. Sóbrio, a conversa não tinha tanta graça. Seus amigos pareciam, a cada minuto, menos interessantes. Os assuntos pareciam não andar. Era divertido estar ali, mas repetir aquilo todas as noites? Na época da faculdade eles não diziam não. Saíam com os amigos dele e os dela; saíam sempre que os convidavam. No começo ele não se importava, era uma chance de estarem juntos. Ele sabia que não era só ele que havia tentado namorá-la. Orgulhava-se da relação dos dois; ela tinha uma beleza própria que perdurava até os dias atuais. Aos poucos, as pessoas se acostumaram a pensar nos dois como uma unidade. Outras pessoas entraram para a turma, e eles passaram a fazer programas sozinhos. Quando começou a trabalhar no jornal, estava sempre de plantão nos finais de semana. Não demorou e veio o menino. Era impossível levar aquela vida com as novas responsabilidades. E ele não fazia mais questão de ver os amigos com tanta frequência. Era normal. Precisava descansar no tempo livre. Era impressão ou ela estava mesmo olhando para ele?

Alguém falou que ele trabalhava em um conhecido jornal; que era um símbolo do establishment. Todos deram risada. Talvez ele fosse mesmo escroto, mas era um escroto bem comportado. Se quisesse... mas não queria. Ele já havia ficado o bastante; precisava voltar para casa. Esboçando um sorriso enquanto pagava a conta, deixou mais dinheiro do que devia. Não se importava. O pessoal podia beber por ele. Agora ele se lembrava: só aguentava as reuniões de amigos quando ela ficava ao seu lado, desobrigando-o de conversar com as outras pessoas, permitindo que fosse um observador. Fazia tanto tempo que não saía em grupo que esquecera que era tímido. Era uma besteira ter levantado aquelas histórias tão velhas, de antes até de namorarem. Eles tinham um filho juntos. Aquilo precisava significar alguma coisa. Não valia a pena remoer um ciúme de tanto tempo.

*

Quando ele voltar, vai se sentar na sua cadeira perto da janela e ligar a televisão como se nada tivesse acontecido. Vai perguntar o que eles haviam jantado, se o menino já estava dormindo; vai tentar se mostrar interessado, até um pouco solícito. Mas ela sabia que nada disso duraria. Ele faria de tudo para que a rotina os colocasse de volta no plano que ele mesmo traçara e que ela aprendeu a aceitar como seu. Tentaria fazer com que ela risse; mas, desta vez, não importaria. Finalmente ela sabia o que queria. Isto ela já tinha entendido: aquele plano não era seu. Não era. Sem perceber, ela se tornara a sua tia. Mas ela nunca quis aquela vida; não precisava ter aceitado o que ele lhe impunha. Não precisava ter tido um filho porque ele queria. Pela primeira vez depois de tanto tempo, ela sabia o que precisava fazer. Se ela mudou uma vez, poderia mudar outra, não podia? Não seria fácil, mas ela podia. O menino não tinha culpa, ninguém tinha. As escolhas que os levaram até ali pareciam tão distantes. Não pareciam mais dela. Como alguém que não sabia quem era poderia ensinar outra pessoa a ser uma pessoa? Este era o único caminho. Era melhor para ele também. A sala, arrumada, parecia desproporcional. Como ela odiava aqueles móveis que ele comprara. Eram grandes demais para o tamanho da casa.

    Se ela fosse embora, quanto tempo até eles preencherem o espaço que ela deixaria? O espaço de uma boneca? A mãe dele ajudaria com o menino. Não se importaria. Ela gostava tanto do neto. Mimava o menino como um dia mimara o adulto. Fazia tempo que ela não pensava com tanta clareza. Precisava se tornar uma pessoa de verdade. Só assim poderia ser útil; só assim voltaria a ser alguém. Eles ficariam bem. Uma nova rotina sempre se estabelece. Era este o plano, não era? Ele saberia o que fazer. Sempre sabia. E estariam melhor sem ela, não estariam? Ele daria um jeito de substituí-la. Era impossível saber se o menino ainda caberia na nova pessoa em que ela se transformaria; em que ela já se transformava.

Foi aos poucos que ela deixou de saber do que gostava; que passou a aceitar o papel que ele criara para ela. No começo do namoro, não era assim. Era ela quem tomava iniciativa; quem deu os primeiros passos para que os dois se aproximassem; que estendeu a sua mão até ele. Ela podia voltar a ser aquela pessoa. Daquela pessoa podiam sentir falta, mas desta? Desta que ela se tornara, não.

A sala vazia, o silêncio do menino dormindo no quarto. Ela nunca conseguira pensar com tanta clareza. O menino ficaria bem. Se tivesse fome, comeria o sanduíche que ela deixou na mesinha ao lado da cama. E logo ele estará de volta, não há dúvida quanto a isso. Se ela não fosse embora agora, não teria mais coragem de ir. Se ele chegasse, ela não conseguiria formular tudo o que pensava com a mesma clareza; ele mostraria que tudo não passava de um engano; que era preciso se manter no plano que ele fizera; que as coisas não estavam tão ruins assim. Mas ela nunca estivera tão certa. Ele não entenderia que não era sobre ele; que agora era sobre ela e mais ninguém. Se ele podia sair pela porta sem pensar, ela também podia fazer o mesmo, por que não? Talvez voltasse logo, talvez demorasse, talvez nunca voltasse. Mas isso ela decidiria depois. Antes precisava descobrir quem ela realmente era.

*

Você quer ir embora? Não quero. Agora eu vou morar aqui, pode avisar a mamãe. Ela não precisa mais vir me buscar. Mas eles vão sentir a sua falta, não vão? Agora é vaca amarela, tá bom? Ninguém pode mais falar. Nem eu e nem você. E também não pode perguntar. Porque perguntar é falar. E todos têm que ficar bem quietinhos, assim, sem dizer nada, ou têm de comer todo o cocô dela. E você não quer isso, quer? E não precisamos mais guardar os brinquedos porque eu não vou mais embora. E a gente só guarda os brinquedos na hora de ir embora, não é? E guardar também faz barulho e não pode mais fazer barulho. Só pode ficar aqui embaixo e não se mexer porque se mexer também faz barulho. E nem eu, nem o papai e nem a mamãe gostamos de barulho. Não, cochichar também não pode. Porque cochichar é falar, só que baixo. E o que é baixo para um não é baixo para o outro, tá bom? Então o melhor é não falar nada. O melhor é ficar bem quietinhos e esperar tudo acabar e só depois que tudo acabar eu posso ir embora.

*

    Caminhar o recolocava em contato com aquilo que achava ser realmente importante; o ajudava a ver tudo em outra perspectiva. O tempo já o fizera esquecer por que se chateara daquele jeito. Ela não queria ter dito aquilo. Foi bom ter saído um pouco, encontrado o pessoal, ter revisitado o passado. Era isto o que realmente importava: a história que vinham construindo. Era o que os fazia perdoar um ao outro; o que fazia valer a pena continuarem juntos. Uma aventura não passaria de uma aventura. O equilíbrio que eles haviam alcançado com os anos, um pouco desgastado por causa do menino, logo reencontraria o seu eixo. Já dera tempo de ela sentir a sua falta. Era um acaso ela não ter telefonado. Não havia por que ficar chateado. Ele reconhecia que tinha exagerado, mas ela sabia que ele não era uma pessoa ciumenta e rancorosa; que era melhor do que isto; que realmente se preocupava com ela e com o menino. Quando ele começasse a ficar na escola mais tempo, uma nova fase se iniciaria. Ela voltaria a ser aquela pessoa divertida por quem ele se apaixonara; não estaria sempre tão tensa e cansada. Ele tinha certeza. A vida voltaria a ser um pouco mais leve. Era preciso ter paciência. Havia um plano e eles o cumpririam de forma exemplar.

Virando a esquina de casa, ele se lembrou de como era bom quando, no começo do namoro, antes de eles morarem juntos, ela aparecia sem avisar, chegando de alguma festa ou reunião de amigos que ele não pudera ir. O corpo quente e inesperado entrando na cama. O sorriso tímido, um pouco embriagado, e a vontade de abraçá-lo. Para ele a felicidade era isso. Hoje era o corpo dele que chegaria de surpresa, cansado, mas com vontade de abraçá-la. A discussão dos dois parecia um engano desnecessário e distante. Eles eram felizes, ele tinha certeza disso. Logo reencontrariam a alegria daqueles primeiros anos. Era uma questão de tempo. De ter paciência e vencer as épocas difíceis; de esperar ela se reencontrar e o menino crescer. Tudo logo voltaria ao normal. E o normal, ele sabia, era bom; era a própria felicidade.

Passacaglia Literária

A pergunta, o que é literatura?, recorrente nos anos em que fui aluno de Letras, mas deixada de lado por conveniência, insegurança e falta de tempo, voltou ao meu horizonte após o telefonema de um amigo, editor de um conhecido suplemento cultural. Para a edição especial do dia do livro, o jornal pediu que alguns escritores escrevêssemos sobre o tema. Me dei conta, então, de que mesmo não tendo respondido a questão a contento nos quatro anos em que passei estudando literatura na faculdade e nos dez em que escrevia para jornais e revistas, possuía uma grande variedade de respostas prontas às quais poderia recorrer. Nada, entretanto, é menos estimulante do que respostas prontas. Nada é menos literário. Felizmente, artigos de jornal não precisam ser literatura. Em todo o caso achei melhor recusar o convite, apesar de precisar – e muito – do dinheiro.

Mas o meu colega insistiu. Enfatizou que a pergunta não era "o que é literatura", uma pergunta que certamente me daria trabalho, mas sim "o que é literatura para mim". A resposta, ele apontou não sem alguma razão, não precisava ser definitiva. Por ser uma opinião, só precisaria cumprir de forma interessante os toques encomendados pelo jornal. A resposta não precisava nem mesmo ser uma resposta e poderia ser uma reiteração criativa da própria pergunta. Ela só precisava, em outras palavras, ocupar espaço. Uma coluna social da literatura. E ele continuou com a sua sinceridade habitual: eu não fora a primeira opção do jornal. Os editores haviam chamado outra pessoa, mais renomada do que eu, ainda que ele me assegurasse ter insistido desde o início no meu nome para o projeto. Por sorte, este outro escritor havia cancelado a sua participação na matéria e eles me repassaram o convite, contando com a minha presteza para entregar algo no curto prazo de que dispunham. Isto é, seria de grande ajuda se, apesar das minhas reticências, eu aceitasse a tarefa. Certamente se lembrariam disso no futuro, quando surgissem projetos mais interessantes. Em nome da nossa amizade, e da franqueza com que ele me apresentou a situação, acabei aceitando o convite.

*

O tempo, no entanto, urge, com o perdão do lugar comum. E eu não tinha vontade de abandonar as minhas preocupações do momento para retornar a uma pergunta que já tentara, sem grande sucesso, abordar anteriormente. Não que minhas novas questões fossem particularmente interessantes, mas após anos vivendo da escrita, ao menos isto eu já entendera: a literatura é algo que habita os limites da sua própria definição e, por isso mesmo, evade aqueles que tentam explicá-la. O projeto imaginado pelo jornal era uma tarefa que nascia derrotada. Busquei, por isso, encontrar nas coisas em que vinha trabalhando alguma que se aproximasse do assunto proposto e pudesse, assim, contemplar a encomenda, preenchendo de forma interessante o espaço que haviam me atribuído no suplemento. Logo percebi que alguns dos textos que eu havia escrito nos últimos dias propunham, mesmo que de forma difusa, uma possível poética e podiam me ajudar a terminar a encomenda no curto prazo disponível. Eles rodeavam, como parábolas, uma possível definição de arte e, eu esperava, também de literatura. Curiosamente, mesmo sem pensar na pergunta, ela continuava presente nos meus textos. Um desses fragmentos parecia promissor; um simples relato sobre uma entrevista a que assisti em um desses canais da televisão a cabo dedicados a programas de arte. Resolvi, então, passar o dia com ele e ver aonde me levaria.

    Eu nunca tive televisão, muito menos televisão a cabo, e talvez por isso essa entrevista tenha ficado marcada na minha memória. Minha avó era uma espectadora assídua desses canais e é possível que eu tenha assistido ao programa com ela. Ou talvez o tenha visto em algum hotel, onde normalmente esses canais estão disponíveis, ou mesmo no avião voltando de um festival literário – possibilidades que poderiam acrescentar algo à história, ainda que fossem menos prováveis. Deixei-as anotadas. No fundo, isso importava pouco e eu poderia decidir depois. O programa havia sido sobre o violoncelista chinês-americano Yo-Yo Ma, uma longa entrevista sobre a experiência – transformadora, segundo ele próprio – de tocar todas as seis suítes de Bach para violoncelo solo, intercalada com o próprio músico tocando as peças. Era uma experiência cansativa, ele dizia, porém transcendental. Não era comum tocarem as seis suítes em uma única noite, mas ele acreditava que o compositor as imaginara assim; uma grande maratona musical que nos envolvia como um cobertor metafísico. Bach, não é segredo, era religioso e sua música, portanto, também podia sê-lo.

A relação de Yo-Yo Ma com as peças, centrais no repertório de qualquer violoncelista, ainda mais de um virtuoso como ele, vinha de longa data. Diferentemente de outros exercícios, essa era uma partitura que, com suas escalas e movimentos tão variados, propiciava um desafio interessante ao músico, sem deixar de ser agradável ao público. O prelúdio da primeira das seis suítes se tornara uma espécie de coringa para pequenas exibições, do aniversário da rainha da Inglaterra a programas de auditório na televisão. Ele tocara tantas vezes essa peça que a música, segundo ele próprio, tornara-se parte de quem ele era; uma linguagem que brotava, como a fala, sem que ele precisasse pensar em como a havia aprendido e nem mesmo cogitar a possibilidade de um dia esquecê-la. Ele era capaz de fechar os olhos e sem encostar no seu instrumento escutar qualquer um dos seus seis movimentos. Com um sorriso e de olhos fechados, Yo-Yo Ma demonstrou, balançando no ritmo da música por alguns segundos, que escutava uma Galanterie, ou talvez uma Sarabanda, em um singelo balé dançado, para os espectadores, em absoluto silêncio; mas não para o músico, que escutava Bach em sua cabeça.

Ele então contou, e esta era a parte que me marcara na entrevista, que se lembrava de escutar, quando era um jovem músico, sentado na primeira fila de um teatro, alguém tocar as seis suítes, uma atrás da outra, como ele imaginava que deveriam ser tocadas. A experiência fora transformadora. Ele nunca ouvira alguém tocar tão bem. As notas pareciam ganhar um sentido novo naquele dia. Chegavam à plateia com uma mensagem clara, que todos entendiam, mas que era impossível de ser formulada em uma língua que não aquela, a musical, na qual se apresentava. De olhos fechados, ele escutava as peças, que conhecia tão bem, de uma forma nova. Via as notas colidirem com as paredes, com os espectadores, escaparem pelos dutos de ventilação do teatro e chegarem até a rua, transformando tudo e todos em seu caminho. O mundo inteiro parecia caber dentro daquelas notas. Ao terminar a última das seis suítes, encantado com o que ouvia, o músico sentia-se paralisado. Era possível, então, escutar aquela música que ele já tocara tantas vezes de uma forma nova? Foi quando a plateia se levantou em um movimento uníssono, batendo palmas com grande empolgação, que o músico acordou do seu estado de transe. Recuperado o fôlego, ele também se levantou, um pouco assustado que tivesse dormido, e agradeceu a salva de palmas, imagino que com o mesmo sorriso que dava para a câmera no momento final da entrevista; um sorriso de contentamento, de quem sabe ter completado uma longa jornada e pode, finalmente, descansar.

*

Quando terminei de reler o pequeno conto, senti o que sempre sinto ao terminar de ler um texto que eu mesmo escrevi: que estava muito aquém do imaginado e pior do que eu esperava. Nesse caso, havia um problema óbvio. Na realidade, dois. O primeiro era que literatura não era música e, portanto, não podia evadir por completo as palavras, ainda que tentasse, por vezes, evadir os seus sentidos. Há algo de musical na linguagem e de virtuoso no escritor, mas nada que se aproxime da naturalidade e simbiose da qual falava Yo-Yo Ma. O outro problema, muito mais simples, era de comprimento: a história estava longe de ocupar o espaço que o jornal pedira para eu preencher e eu não sabia como aumentá-la. Me parecia terminada como estava. Tentei mexer em algumas partes; fantasiar um pouco mais. Imaginei eu mesmo, na casa da minha avó, assistindo ao programa. Me imaginei em um hotel em Parati, onde eu nunca fora, embasbacado com a entrevista que via na televisão. As adições, entretanto, pioravam o entrecho. Não pareciam se justificar. Tentei inventar um encontro com o próprio Yo-Yo Ma, no qual falávamos sobre o documentário, uma entrevista sobre a entrevista, aproximando a sua experiência como músico da minha como escritor; expondo as diferenças entre criar e interpretar, entre escrever e tocar um instrumento. No fim não me convenci de que era um bom caminho. O melhor era guardar o texto na gaveta e tentar algo novo. Quem sabe, com o tempo e a insistência, alguma ideia melhor não surgiria.

*

Resolvi dar uma volta no quarteirão pensando no ensaio que precisava escrever. Era um hábito que me ajudava a retomar a escrita quando me encontrava sem ideias de como continuar um texto. Andando, lembrei de uma amiga que contava, com base no preço da hora aula do seu marido, professor de inglês, quanto tempo ela poderia gastar nos textos que escrevia para uma revista onde tinha uma coluna semanal. Setenta reais a hora aula. Então sua coluna, a trezentos reais por semana, não deveria levar mais do que quatro horas e meia para ser escrita. E isso sendo generosa, pois ela tinha pós-graduação e o seu marido não. O que pensaria Yo-Yo Ma sobre isso? As minhas quatro horas já haviam passado e ao que tudo indicava eu ainda não havia começado a escrever o texto encomendado. A caminhada ficou repentinamente menos agradável. A meia hora para ir à praça e voltar, pensando no texto que eu precisava escrever, contava como tempo de escrita ou era mera procrastinação? Eu precisava terminar logo a encomenda e voltar aos contos do meu primeiro livro que, há pelo menos dois anos, pareciam estar quase terminados sem nunca de fato estar. Era hora do almoço. O dia estava agradável. O sol brilhava na rua. Resolvi parar para comer algo. Não queria perder o foco cozinhando.

*

À tarde, em casa, voltei a ler as minhas anotações dos dias anteriores em busca de outro caminho, mas nada parecia se encaixar na proposta do jornal. A única coisa em que eu conseguia pensar era em um professor que, nos últimos anos, se tornara um grande amigo, mas que morreu há algumas semanas. Por algum motivo, que demorei para entender, a sua memória voltava com força, mas no fim era óbvio. Era ele a quem eu recorria antes de tomar decisões importantes, antes de desistir da pós-graduação, de recusar um emprego em uma casa editorial famosa, ou mesmo de fazer um estágio em um festival literário, o qual ele me avisou desde o início que não teria nada a ver com literatura. Mas, bom, o que era literatura? Nos últimos anos, quando eu o visitava no mesmo apartamento onde ele me recebera na época de faculdade, ele sempre se despedia dizendo orgulhoso e bastante sério, com o seu sotaque inconfundível, que achava que eu estava em um bom caminho. Havia algo cômico e exagerado na maneira como ele dizia essas coisas, mas nem por isso eu me sentia menos feliz com a sua aprovação. Eu não sabia por que, nem para onde ia, mas para ele eu estava no caminho certo. Já era algo.

Ademais, vindo dele, o elogio tinha ares solenes. Ele sempre fora temido por sua honestidade e por seus conselhos que faziam sentido somente quando era tarde demais para aceitá-los. Uma de suas respostas preferidas para quando alguém pedia a sua opinião era dizer: mas isso que você quer fazer, essa escolha, é interessante literariamente? A vida, claro, não é um romance; mas para um jovem que encarava uma miríade de oportunidades e precisava tomar inúmeras decisões sobre si mesmo, a pergunta parecia sempre pertinente. O seu trabalho, ele acreditava, não era dar aulas, mas nos colocar no caminho menos trilhado; no lado certo, ou errado, da bifurcação. E, mesmo quando tomávamos o caminho mais fácil, a aprópria dúvida que ele semeava já era bastante produtiva e costumava deixá-lo satisfeito. Na época concordávamos que não havia espaço para concessões. Com o tempo entendi que não é bem assim. Cansamos do esforço extra que o caminho original nos cobra e acabamos tomando vez ou outra o inevitável caminho desgastado por onde tantos já passaram antes da gente. O questionamento aprendido, e era isto o que ele queria, garante que continuemos em movimento, inquietos mesmo que dentro de nossas cabeças. Escrever sobre temas sem graça, que não nos pertencem, para agradar ao jornal, ou a um amigo, é a trilha mais ou menos caminhada? Ainda é possível conciliar a vontade de viver da escrita com o desejo de perseguir as próprias perguntas?

*

A tentação de juntar as duas histórias era grande. Eu estaria, assim, mais próximo do tamanho de texto que o jornal me pedira e, de alguma maneira, se fôssemos generosos, poderíamos dizer que elas dialogavam. Isto é, cada uma a seu modo dava uma interpretação sobre o que a arte deveria ser e fazer. Por um lado, arte como uma linguagem que brota de um lugar profundo e misterioso; que procura alcançar os outros e mudar a nossa comunidade. E, por outro, literatura como um meio de habitar o mundo, uma espécie de guia para como gostaríamos de viver; uma recusa do status quo, um voto de fé reafirmando que as coisas podem ser diferentes. Não importa se acreditamos em uma, nas duas, ou em nenhuma das hipóteses. O que importa é que há quem acredite nelas e, portanto, são plausíveis; servem para alguma coisa. Dependendo do momento, do que precisamos, estaremos provavelmente mais próximos de uma ou de outra.

Olhando o fosso do meu prédio, para onde dava a única janela do meu apartamento, percebi que já começava a escurecer. Revisei tudo o que escrevi mais uma vez, escutando as suítes de Bach tocadas por Yo-Yo Ma. Eu me sentia otimista; quase o oposto da manhã quando começara a escrever o artigo para o jornal. Nos últimos anos, eu havia aprendido que o mais importante não era submeter um texto brilhante para alguma publicação, afinal quem sabe o que é brilhante? Mas sim enviá-lo sempre com alguma antecedência, permitindo que pedissem alterações. É uma garantia de que ficarão felizes com o trabalho e te chamarão para escrever outras vezes. Uma encomenda, afinal, é sempre uma encomenda. A originalidade, ou a minha autonomia, eu guardava para o livro de contos que vinha escrevendo, ao menos até ele cair na mão de um editor, quando tudo poderia virar de ponta cabeça.

*

Na casa do professor, almoçamos na sua grande varanda. Ele se mantém em silêncio, me olhando de esguelha entre uma garfada e outra de macarrão. Sonhos intranquilos, claro. É sempre assim quando termino um texto. Eu falava dos meus projetos. O editor do jornal, que não conhecia o meu professor, também almoçava com a gente. O meu livro estava quase pronto e eu contava um pouco sobre os textos que havia escrito, todos sobre os tempos de faculdade. O meu amigo editor dava risadas, mas o professor não demostrava interesse algum. Quão interessantes podem ser as suas experiências juvenis? Você e os seus colegas de turma não são muito diferentes de todos os demais que eu vi passar por aqui. Eu dava de ombros, evitando responder. Claramente ele estava de mau humor. Depois da sobremesa, parecia cansado e sem foco; não parecia ele mesmo. Não abriu a garrafa de vodka russa que guardava no freezer e costumava nos servir depois das refeições. Olhei para o meu amigo preocupado; talvez fosse melhor irmos embora. Nos despedimos e, um pouco constrangidos como quem sabe que ficou mais do que deveria na casa de um anfitrião, fomos embora. Ele não disse nada quando saímos. Fechou a porta em silêncio. Estava tudo bem com ele? E com a gente? Quando o elevador chegou ao térreo, eu acordei.

*

A primeira coisa em que reparo ao abrir os olhos é no meu celular piscando. A cor azul entrega que tenho e-mails não lidos, chegados enquanto dormia. Ainda na cama, leio o assunto das mensagens. Não parecem promissoras: o clipping do jornal, falando de uma guerra que já dura 30 anos, e uma mensagem do meu amigo editor. Vejo arruinado o meu plano de passar o resto da manhã na cama com um sentimento de dever cumprido. "O artigo está bom, mas talvez você possa..." Me sinto de volta ao primário, recebendo uma reprimenda da professora por um trabalho feito pela metade; por um trabalho que eu sabia desde o início que poderia estar melhor. Resolvi adiar até a hora do almoço a leitura completa da mensagem e passei a manhã como havia planejado, tomando café e lendo no sofá. Ironicamente, a matéria de capa do jornal era do meu amigo; uma entrevista sem graça com um diretor de cinema da moda que cancelara a sua vinda ao

Brasil em protesto contra o novo governo. Tento folhear um livro que preciso resenhar, mas a história não me envolve e acabo lendo banalidades na internet.

Depois do almoço, acostumado com a ideia de passar o resto do dia repensando o que havia escrito no dia anterior, finalmente leio o e-mail do editor. Já ciente do que se trata, a mensagem me irrita não pelo pedido para que eu reescreva e aumente o meu texto, algo bastante normal nesse tipo de projeto, mas pela maneira elogiosa com a qual o meu amigo faz o pedido. "Meu querido," – odeio quando ele me chama assim – "o texto está fascinante; essas conversas sobre arte e literatura ainda vão dar belos contos. Não me leve a mal, está ótimo como está," – por que então reescrever? – "mas se você puder aumentar um pouco, talvez acrescentar uma pequena apresentação que aborde a questão proposta de forma mais direta, seria maravilhoso. O que você acha? Seria um jeito de ornar um pouco mais com os outros autores que escolheram caminhos mais ensaísticos... Pode ser? Enfim, adorei. Se der para mandar até o fim do dia seria ótimo. Fechamos o caderno amanhã cedo." Respirei fundo antes de responder. Concordei com tudo, prometendo enviar uma nova versão até a noite.

Fico pensando que, de alguma maneira, o e-mail oferece algumas respostas sobre a própria pergunta que o jornal me fizera; ou sobre o que o próprio jornal, na figura do editor do seu suplemento de cultura, entendia por literatura. Isto é, os meus textos dariam bons contos, mas ainda não eram contos, provavelmente porque sairiam no jornal. Eram, talvez, crônicas? Contos não são ensaios, que era o que os outros autores haviam escrito e, aparentemente, era o que o jornal esperava de escritores escrevendo para o jornal. Por fim, ensaios, para eles, eram mais diretos do que contos; respondiam de forma clara a uma pergunta e não ornavam com ficção. Um conto com uma introdução explicando a si mesmo, entretanto, podia ser um ensaio; ou quase, mas ao menos ornava melhor com eles. Com isso em mente, voltei ao trabalho.

*

Comecei a reescrever o texto pensando que as quatro horas e meia que eu deveria dedicar a ele já haviam se tornado vinte e quatro. Reli o que havia escrito e esbocei uma introdução mais direta, longa o suficiente para o texto alcançar os caracteres previamente combinados. Ao reler o que havia escrito, pensei que poderia também aumentar algum dos outros excertos, talvez ampliando as possibilidades de leitura da minha resposta; dando outra camada para a minha interpretação da pergunta e deixando tudo um pouco menos simplista. Eu sempre tive medo de soar simplista, apesar de não gostar de textos prolixos e complicados demais. A ideia de parábolas, a única que me viera no dia anterior, agora me desagradava, mas achei melhor continuar com ela para não precisar recomeçar do zero. O tempo, afinal, não estava do meu lado.

Enquanto pensava, navegando pela internet, encontrei um vídeo no Youtube que poderia me ser útil. Eu deveria tê-lo encontrado antes, mas obviamente não me dera ao trabalho de procurar direito no dia anterior; ou talvez só agora o algoritmo do site resolvera me ajudar, movido pela insistência com a qual eu vinha escutando as mesmas músicas de Yo-Yo Ma. O vídeo era, em alguma medida, o outro lado daquele sorriso simpático do músico, o preço que ele pagara para alcançar a simbiose com o seu instrumento; a parte apolínea da vida de todo artista, mas que ele escolhera omitir na entrevista que eu assistira anteriormente. O vídeo, "Leonard Bernstein apresenta violoncelista chinês em concurso de talentos na Casa Branca", me pareceu bastante triste, ainda que recheado de aplausos e risadas. Em um grande salão, presume-se na sede do governo norte-americano, o maestro apresenta um pequeno Yo-Yo Ma com sete anos de idade. Bernstein fala dos EUA como de uma terra de grande oportunidade onde todos (contanto que sejam brilhantes) podem perseguir os seus sonhos e se desenvolver à altura do seu próprio potencial. É um país lindo. Todos batem palmas. O país do futuro. Eram os anos sessenta, mais palmas. O músico recebera com sua família um visto para gênios e poderia morar no país. Junto de Yo-Yo Ma, o maestro apresenta a sua irmã de dez anos, Yeou-Cheng Ma, que o acompanha ao piano. Os dois tocam uma pequena peça para uma plateia de homens e mulheres brancos, todos vestidos de gala. No canto da sala, os observando com um rosto sério e vestindo um terno cinza, um homem alto e chinês que descobrimos no final do vídeo ser o pai dos músicos assiste a tudo completamente impassível.

Quantas horas Yo-Yo Ma ensaiara entre este vídeo e a entrevista que eu vira na televisão alguns anos antes? O seu sorriso simpático parecia agora ser o sorriso de quem não queria falar sobre isso. Sua irmã, menos famosa, por outro lado, não se importava em falar da sua experiência como criança prodígio, como ficou claro no próximo vídeo que o Youtube me sugeriu. Não havia rancor no que ela contava, mas mostrava que a simbiose entre músico e instrumento, central na história contada por seu irmão, vinha com um preço, mesmo com o talento dos dois. Entre risadas e uma leve elevação de ombros que dizia, "está tudo bem, já superei tudo isso", ela resumia a sua experiência com uma pequena anedota sobre o homem no canto do vídeo anterior. Quando moravam na França, entre um tour e outro pela Europa, o seu pai costumava dizer que ela e seu irmão eram bastante sortudos. Os músicos russos que costumavam os acompanhar em concertos, ele dizia, precisavam ensaiar nove horas por dia. Os dois, ela e seu irmão, então com cinco e oito anos, por serem chineses e, portanto, muito mais inteligentes do que os russos, só precisavam ensaiar oito horas por dia. Para terminar, ela perguntava aos espectadores: sabem como o meu irmão aprendeu a tocar as suítes de Bach tão bem? Meu pai só o deixava tocar uma nova linha depois que a anterior estivesse perfeita. Ele passava oito horas por dia ensaiando, às vezes, a mesma frase musical.

*

Com o novo enxerto, o texto estava quase completo, ao menos em comprimento. Faltava melhorar a introdução, encontrando uma forma mais interessante de apresentar as histórias; uma forma direta, ensaística, mas também criativa, como pedira o meu amigo. Resolvi olhar na minha biblioteca, nos livros que acumulara desde a época da faculdade, para ver se encontrava alguma forma minimamente original de abordar a questão proposta pelo jornal. Curiosamente, ao procurar os livros que achava poderem me ajudar, percebi que, apesar de organizar minhas estantes em duas seções, uma de teoria e outra de literatura, a divisão era bastante porosa e poderia ser definida de outra maneira: livros que eu li obrigado, em grande parte comprados quando eu era universitário, e livros que comprei e li por vontade própria. Alguns autores possuíam livros nas duas seções e, na parte de literatura, havia diversos ensaios que poderiam também estar na parte de teoria. Quando eu precisava de espaço, era sempre na seção de teoria – dos livros que eu lera por obrigação – onde eu buscava algo de que talvez pudesse me desfazer sem muito drama. Peguei uma pilha de livros e sentei na frente do computador. Não fazia mais sentido contar quantas horas eu gastara com o meu texto. Escrevi uma mensagem ao meu amigo dizendo que o texto estava quase pronto e perguntando se poderia enviar a versão final não à noite como combináramos pela manhã, mas de madrugada. Antes que eu abaixasse o telefone ele me responde que sim. Sinto um alívio e começo a folhear os livros sem muita vontade enquanto escuto os vídeos que o Youtube escolhe, sabendo que terei tempo para ler no máximo um ou dois capítulos de um dos muitos livros que tenho na minha mesa.

*

Em frente a um cenário artificial de cidade, o apresentador anuncia o convidado.

Entrevistador: O próximo convidado não precisa de apresentação. É um dos poetas mais importantes do século XX, autor de lindos poemas imagistas, e do inclassificável *Cantos*. Eeeeezzzraaaaaa Pound!

A plateia se levanta e bate palmas. Apoiado em uma bengala e andando com dificuldade, o poeta entra por uma porta lateral, agradece os aplausos, e se senta em uma poltrona ao lado da escrivaninha do apresentador que sorri de forma excessiva.

Entrevistador: É um prazer tê-lo aqui conosco. Já tentamos convidá-lo várias vezes para participar do nosso programa, mas nunca, até agora, você tinha aceitado o nosso convite. Ficamos muito honrados. Mas comecemos em *media res*, sem perder tempo, com a pergunta que não quer calar: Senhor Pound, o que é literatura?

Pound: O que é literatura? Ora, ora... O que você deveria se perguntar não é o que é literatura, mas quem de fato pode definir o que é e o que não é literatura. Pense comigo: um cheque de um milhão de dólares, se ele for assinado por mim, ele vale alguma coisa? Não, não, ele não vale nada. Mas e se ele for assinado pelo Sr. Rockfeller?

Entrevistador: Mas Sr. Pound, é por isso que estou fazendo essa pergunta para você e não para o nosso próximo convidado.

Risos da plateia.

Pound: Bom, se você insiste, eu digo então que há muitas respostas possíveis. Em outra ocasião, eu falei que era o novo que se mantinha novo, mas poucas pessoas entenderam o que eu queria dizer. A verdade, hoje me parece, é que não faz sentido falar de literatura sem termos um texto em nossa frente; sem que se possa ver sobre o que estamos falando. Assim, eu te devolvo a pergunta: sobre o que você está falando quando me pergunta o que é literatura?

A plateia bate palmas em uma grande confusão que demora para arrefecer.

Entrevistador: Audiência, esse papo está bom ou não está? O poeta é ou não é uma grande figura? É ou não é um fingidor? Eu adoraria responder ao Sr. Pound, mas antes precisamos fazer um breve comercial. Não saiam daí! Logo após os reclames continuamos com nossa conversa e espero arrancar do nosso convidado alguma resposta que seja, de fato, uma resposta.

A casa vem abaixo em gargalhadas.

*

Em cima da escrivaninha, um pequeno quadro do Walt Whitman, presente do meu professor, me observa desconfiado. O sono cresce. A fome também. Me dou conta de que perdi uma hora procurando *O abc da literatura* somente para descobrir que não era esse o título que eu procurava; que esse livro nem mesmo existia. Não era o Pound que eu queria, mas Sartre. *O que é literatura?*

Os tempos pedem engajamento. Mas sem tempo para ler, faz alguma diferença? Foco no texto já quase pronto e penso que, se fosse uma maratona, eu me aproximaria, no pelotão do fundo, da linha de chegada. Estaria exausto, mas contente por ter percorrido todo o percurso.

Me sinto frustrado. Não era este o texto que eu queria ter escrito. Lembro que o meu professor, durante os quinze anos em que nos encontramos, falava de um livro que vinha escrevendo e que ele nunca terminou. Talvez fosse mesmo preciso fazer concessões. Uma grande tristeza toma conta de mim. Aceito que minha apresentação será tão disforme quanto o resto da minha resposta, uma tentativa de agradar ao jornal sem me trair por completo. Qual seria a escolha acertada nestas circunstâncias? O caminho menos trilhado? Tomo certa distância e tenho certeza de que, se continuar escrevendo, vou piorar o texto que já escrevi e que, apesar de não estar perfeito, está quase pronto. Faço uma nota mental: não aceitar mais encomendas e dedicar todo o meu tempo a terminar o meu primeiro livro de contos. Escrevo uma introdução ao texto falando do próprio pedido do meu amigo e de algumas memórias ao redor da pergunta proposta pelo jornal. É uma muleta que sempre critico nos outros, mas que, agora descubro, também me serve. Quando não se sabe o que escrever, escreve-se sobre o que está na sua frente. Fala-se de si próprio e da dificuldade em escrever o que gostaríamos de escrever.

    Percebo estar tocando no Youtube uma música do Caetano Veloso. Tento, sem sucesso, refazer o percurso do algoritmo. *Deixo fluir tranquilo. Naquilo tudo que não tem fim.* Quais associações nos trouxeram até aqui? O que conectou o músico chinês-americano ao compositor baiano? Talvez seja algo a se explorar. Mas não hoje. Anexo tudo ao e-mail e envio para o meu amigo no jornal. Não há mais tempo para mudanças. Ao menos vou dormir sabendo que, se eu sonhar, o sonho não será arremedo de um artigo escrito a contragosto. Será, no máximo, o começo de um novo projeto; uma nova entrada nesse grande loop; outra variação das minhas poucas obsessões. Tenho, subitamente, outra ideia sobre como responder à pergunta, muito melhor do que as que tive até agora. Faltou falar disto, dos elos improváveis que também fazem a literatura; do aleatório e de tudo o que pensamos e que não chega ao papel. Deve ser por isso, pela aventura do improviso e do acaso, que Yo-Yo Ma começou uma banda de jazz. Sinto saudades do meu professor e dos seus enigmas. Ele certamente acharia que o meu texto não está pronto. Que este é só o começo. Para o jornal, entretanto, ele já está melhor do que a encomenda.

Pássaro Rebelde

Uma baía ao amanhecer. Tudo está calmo, ainda acordando. As lâmpadas de alguns prédios brilham, amarelas, borradas pelo amanhecer. É uma zona industrial com fábricas, galpões e guindastes. Antes do expediente tudo parece estático e abandonado. Algum verde se intromete na cena, resquícios da natureza; de um outro mundo possível. Nesta hora da manhã, o verde, as verdades e as vontades se confundem. No centro deste pequeno complexo industrial, destacam-se dois grandes moinhos para geração de energia eólica. Eles giram devagar, indiferentes, aproveitando o vento que sopra com calma. Eles existem como se fossem parte da natureza; como se sempre houvessem existido. Os moinhos giram. As luzes se refletem na água. O tempo passa. O vento sopra. Os moinhos como árvores. Tudo escurece.

Gustavo abre os olhos sem vontade. Em algumas manhãs é especialmente difícil se levantar. Mas ele já está acostumado. Faz uma semana que quase não dorme. Ao invés de olhar pela janela, para os moinhos que o observam dia e noite, que provam que nada mudou, ele olha para a parede. Está cansado daquelas grandes hélices, sempre impassíveis, sempre certas de si mesmas, girando quase estáticas, dizendo: "para que a pressa? No seu tempo, tudo se ajeitará". Olhando para a parede, ele se imagina deitado na cama, em um quarto que também é sala e cozinha; um quarto com móveis usados e um tapete persa que Ana o ajudou a escolher.

Na cama, ele tenta fugir da luz que entra pela janela e busca outro horizonte. Quando está prestes a integrar-se no branco da parede, prestes a esquecer que logo precisará voltar à sua vida normal, seu celular começa a tocar. No visor aparece o nome de Ana. Não é com ela que ele quer falar; ainda assim, o celular insiste. Depois de um tempo, Gustavo estica o braço e, um pouco contrariado, atende a chamada.

"Alô?"

Pelo quarto, ecoa meia conversa; o suficiente para ela ser decifrada. Não há mistérios, só vontades e desencontros.

"Não, não tem problema. Eu já estava acordando. Pode falar... Eu resolvi não ir à aula hoje... É, não tenho cabeça... Em quinze minutos? Hum... Não, tudo bem. Eu desço em quinze minutos. Até já."

Gustavo não tem mais tempo nem razão para ficar na cama. Sem pensar, aceitou sair de casa. Já é hora. Há vantagens em sermos mecânicos; em sermos puxados para fora da cama pela necessidade de cumprir uma promessa quase esquecida. Na bagunça, ele encontra uma calça jeans e uma camiseta listrada menos amassada que as demais. Com sono, faz tudo devagar, mas decidido. Quase esquece que não era em Ana que ele pensava; que não era com ela que queria se encontrar. Ao menos, ele repete para si mesmo, o dia já tem um objetivo claro. Vestido, ele ajeita o cabelo olhando-se no espelho. Apesar de continuar desarrumado, solta um suspiro resignado e se dá por satisfeito. Pega uma máquina fotográfica, coloca na mochila, e vai até a geladeira, onde acha uma maçã. O gosto da pasta de dentes faz dela uma fruta esquisita. Ao mordê-la, sem perceber, Gustavo faz uma careta.

***

No carro, dirigindo pelos subúrbios da Nova Inglaterra, ao som de música country, Ana tenta puxar conversa.

"Pegou a máquina?"

Desde que Gustavo entrou no carro, ele não falou nada. O azul claro da manhã já substituíra o lusco-fusco da madrugada. Com um vestido de bolinhas coloridas recém-comprado, Ana parece o oposto do seu amigo, listrado e amassado. Dois palhaços. Uma equipe?

"Pegou a máquina?", ela repete mais incisiva.

"A máquina? Está na mochila. Mas não entendi direito para onde vamos..."

Ana sorri satisfeita. Talvez agora, começada a conversa, a manhã se desenrole como ela imaginara.

"É porque eu não falei. É uma surpresa."

Gustavo sorri. A brincadeira é boba porém charmosa. Enquanto Ana dirige, ele muda a estação do rádio sem pedir. Depois de um tempo, encontra uma estação que o agrada. Ana sorri como se soubesse desde o início o que ele procurava.

"Donizete", ele diz mecanicamente. *"Una furtiva Lacrima.* Posso deixar aí? Aliás, posso mexer no rádio? Esqueci que o carro é seu."

Cada um do seu jeito, cada um por motivos diferentes, os dois sentem-se cúmplices. Acham que se entendem. Mas nunca estamos cem por cento na mesma página. Gustavo aumenta o som. Os dois escutam a música por um instante. *"Quelle festose giovani / invidiar sembrò. / Che più cercando io vo? / Che più cercando io vo? / M'ama! Sì, m'ama, lo vedo. Lo vedo."* Ana continua:

"Você está melhor?"

"Igual... Quase não tenho saído de casa. Mas estou bem."

"Não falou mais com ela?"

"Falar o quê?"

"Você ao menos tentou ligar outra vez?"

"Não. Imagino que ela não queira falar

comigo. E, depois, não há muito o que dizer. Não é bem uma história original."

"Ainda que doa como se fosse", ela completa.

Depois de um longo silêncio, a conversa, dolorosa por motivos diferentes para cada um dos dois, se assenta. Só então Ana continua:

"Mas nada que algumas semanas não resolvam."

"Claro. O mundo continua girando."

"Como um moinho."

"Por isso que é bom se distrair. Ajuda a passar o tempo; a recolocar a vida em movimento."

Ana assente com um sorriso e olha para a estrada enquanto a música acaba de tocar: *"Ah, cielo! Si può! Si, può morir! / Di più non chiedo, non chiedo. / Si può morir! Si può morir d'amor."* Os dois ficam um tempo em silêncio. A ironia, se existe, passa despercebida; perde-se na tradução e na melodia; dissipa-se no ar. Mais acordado, Gustavo continua:

"É normal querer ficar em casa depois de uma pequena crise, não é? É uma prova de que havia algo."

"Sim. Mas compromissos são... Compromissos. Você não tinha aula hoje?"

"Decidi não ir. Foucault, Deleuze, não sei. Achei melhor ficar em casa."

"Você é tão metódico. Se não está na biblioteca sabemos que não está bem. Foi por isso que insisti em fazermos um passeio."

"A rotina é o melhor ansiolítico."

Não era essa a resposta que Ana esperava. Ainda assim, ela sente-se contente em ter tirado o seu amigo da solidão do seu apartamento. Falta agora conseguir puxá-lo de seu pequeno abismo e trazê-lo para o seu lado. Percebendo Ana pensativa, Gustavo continua:

"É engraçado como uma crise, mesmo besta e juvenil, transforma a normalidade em um desafio. Tudo, até a coisa mais simples, torna-se um obstáculo. É como se passássemos a arrastar blocos de concreto por aí... como se ir até o banheiro ou a faculdade fossem desafios quase intransponíveis."

"O dia só está começando", diz Ana com um sorriso. "E vocês estiveram só alguns meses juntos. Não é para tanto."

"Acredite. Levantar da cama hoje demandou uma concentração e energia descomunais. Acho que se você não tivesse me ligado, eu ainda estaria lá, deitado, olhando para aqueles moinhos girarem insistentemente do outro lado da baía."

"Você sabe que é um prazer."

"O problema é que sair da cama não é só sair da cama", continua Gustavo sem dar ouvidos à sua amiga. "Ir à biblioteca não é só ir à biblioteca. Quando acordamos assim, precisamos nos preparar, pensar em quem vamos encontrar em cada lugar aonde pretendemos ir, e se queremos ou não os encontrar; se valerá a pena ou não a angústia de ver quem preferíamos evitar."

Ana sente-se responsável por seu amigo. Os cinco ou seis anos que os separam parecem muito mais. Mas como ser compreensível sem ser condescendente? Como interpretar, dentro do que ela sente, o que sente o seu amigo?

"É por isso que temos rotina", insiste Ana. "Assim você não precisa decidir se vai ou não à biblioteca. Você vai porque é hora e dia de ir à biblioteca. Igual a almoçar ou ir ao banheiro. Não é por isso, no fim, que você é metódico assim? Para não precisar pensar nessas coisas?"

"Mas o problema é quando a rotina é interrompida por força maior, como agora que não consigo dormir. Como continuar vivendo uma vida tão medida?"

"Não sei. Mas cedo ou tarde tudo volta ao que era. Isto é certo. Não é como se o mundo fosse desmoronar por causa dos nossos dramas particulares."

"Talvez não, mas talvez sim. Sem rotina não há harmonia. E sem harmonia não há produtividade. E sem produtividade, quem somos nós? Não existem artigos, não existem bolsas de estudos, não existe doutorado."

"E quem liga para isso? Para o nosso doutorado..."

"Este é só o começo, Ana. O desequilíbrio não é só profissional... Também é... Também é cósmico. Tudo depende de tudo, entende? Portanto tudo é importante, até os mínimos detalhes da nossa rotina, até a sua pesquisa sobre a natureza em Deleuze e Guattari."

Ana sorri. Pensa na lógica que Gustavo inventa para justificar sua vontade de ficar em casa. Pensa que seria mais fácil ele simplesmente dizer que ainda não superou o seu tropeço amoroso. Entrando no jogo com um prazer um pouco sádico, mas também com ciúme da aporia que Gustavo criara para Nicole, Ana continua contrariando-o:

"Será que esse equilíbrio cósmico existe mesmo? E se ele existe, será que depende de nós? Não sei se vale a pena nos preocuparmos com isso. Acho melhor aproveitar o dia ensolarado, o passeio e a companhia", ela completa com um sorriso um pouco exagerado.

Aceitando o desafio, mas não a sugestão, Gustavo continua com empolgação redobrada, levando o seu raciocínio adiante:

"Como não depende de nós? Toda e qualquer decisão, por menor que seja, em uma lógica fractal, é fundamental. Tudo depende de nossas escolhas, porque tudo está conectado. E nossas escolhas dependem de tudo, porque o todo e as partes estão alinhados. Se mexermos em uma parte pequena do universo, no nosso dia a dia, mexeremos em todo o universo. É muita responsabilidade."

Ana ri, pensando no lado menos cósmico da angústia do seu amigo. Não era assim que ela imaginara a sua manhã antes de sair de casa. Ao menos Gustavo parecia entretido com a companhia, disposto a aproveitar o passeio.

"Física quântica ou paranoia?", ela completa. "De qualquer jeito, suponhamos que um de nós mexa no universo, na parte e no todo, e o que é que tem? As coisas estão em movimento... O universo está em expansão... Um empurrão a mais ou a menos não mudará muita coisa."

"Como não? Se aceitarmos que tudo está conectado, precisaremos aceitar que com uma decisão errada, seja ela grande ou pequena, podemos bagunçar todo o planeta. O cosmos, por pior que as coisas pareçam, está em um equilíbrio delicado, sobrevivendo à beira do precipício. Quem quer arriscar deitar tudo a perder? A verdade é que as coisas sempre podem piorar. E ninguém quer, em sã consciência, apressar o fim do universo. Não fomos feitos para viver com esse peso nas costas."

"Não?"

"Não. Nem eu e nem ninguém. Palhaço ou astronauta, esse é um peso grande demais para se carregar."

"Então", continua Ana com ar triunfal, "é o que eu disse. O melhor é ignorar essa lógica fractal e continuar alheio às nossas responsabilidades cósmicas. Eu, por exemplo, aceito não pensar em nada disso. O problema é você que criou a teoria. Se ignorá-la, o que será dela? Ela perde a sua função paranoica poética. Um desperdício."

"Quem disse que eu não acredito?"

"Se acreditasse não estaria aqui. Ou estaria? Ainda estaria na cama vendo o tempo passar sem fazer nada, sem aproveitar este dia ensolarado, mas também sem colocar o cosmos a perder com o seu hedonismo."

"Talvez. Ou talvez eu esteja vivendo em negação, só isso; ignorando as minhas responsabilidades perante o todo. Afinal, não é fácil assumir que temos parte no caos do universo. Ainda que, se você parar para pensar, essa teoria também daria outro sentido à minha vontade de não sair de casa; daria um ar positivo a toda essa semana e suas lágrimas derramadas. Hoje, se ficasse em casa, me privaria deste dia maravilhoso, da sua agradável companhia, mas tudo em prol de um bem maior: o equilíbrio do universo. Eu seria... Um mártir. Abdicaria de prazeres mundanos em nome do bem de todos nós. Ficaria sob as cobertas, cuidando para não alterar o balanço do universo, das coisas e dos homens."

"E das mulheres... Mas ainda não sei. Acho que só o fato de você ter pensado nisso tudo deveria ser mais uma razão para sair de casa e não ficar o dia na cama pensando em como justificar, sem encarar a verdade e o mundo, sua vontade de continuar deitado. Isso para mim tem outro nome: melancolia."

Gustavo ri. Não há como ignorar que há algo de charmoso na insistência de Ana em colorir o seu dia. Para se redimir, ele responde em tom de brincadeira:

"Viver é realmente complicado. Não é nossa culpa se não estamos preparados."

As casas suburbanas dão lugar a uma outra paisagem, marcada pelo mar e seu horizonte infinito. O carro segue o recorte do continente norte-americano. O dia está realmente bonito. Detalhes em temas marítimos adornam as casas e jardins: barcos à vela, âncoras, gaivotas e marinheiros. Depois de uma pausa, Gustavo continua:

"Não sei. Quanto mais penso, mais acho que o equilíbrio das coisas é realmente complicado. Talvez você tenha mesmo razão e ficar na cama não seria uma solução. Se o equilíbrio das coisas for delicado como falávamos, ficar na cama é tão perigoso quanto sair. O balanço do todo talvez dependa exatamente da minha ida à universidade, da minha decisão de estudar, todos os dias, na mesma escrivaninha, ou da minha participação em aulas e seminários."

"Da leitura de Foucault e Adorno? Duvido."

"Não há solução. Se a escolha certa for exatamente sair da cama, e em vez disso fiquei a manhã inteira deitado, a culpa também é minha. E, para piorar, nesse caso eu teria pecado pela minha covardia; pelo medo de não enfrentar o mundo e recusar, por exemplo, o seu convite para passear. Minha inércia colocaria tudo a perder."

Ana sorri. Sente-se, finalmente, próxima do seu amigo. Sente-se perto de uma solução.

"Então é isto: saia de casa. É bom para você, para mim e para o universo. Elocubrações demais não levam a lugar nenhum. Para mim a sua tese só confirma o que todos já sabíamos: você, assim como o universo, anda fora do eixo."

"Pode ser", responde Gustavo rindo. "Mas talvez não. Talvez a solução fosse mesmo ficar na cama e minha coragem, e a sua espontaneidade, colocaram tudo a perder..."

"Pode ser..."

"Viver é mesmo uma grande aporia."

"Uma grande porcaria."

"Felizes são os objetos que não têm escolhas ou arrependimentos."

"Talvez. Mas eles também não escrevem poesia..."

Gustavo sorri.

Ana estaciona o carro em um descampado à beira da estrada e, sem falar nada, desce. Gustavo desliga o rádio, pega a mochila, e vai atrás dela. Os dois seguem por uma pequena trilha entre as árvores. A vegetação é a mesma que vimos até agora: verde, viva e vistosa. Gustavo começa a tirar fotos. Ana desaparece mais à frente; sente-se, ao mesmo tempo, próxima e distante do amigo. Não sabe ao certo o que ele quer ou se a compreende. Percebe que, até agora, no fundo, só falaram dele, de suas vontades e dificuldades. Depois de tirar algumas fotos, Gustavo vai ao encontro de Ana que, já no fim da trilha, senta-se em uma ponte levadiça abandonada. Metade da ponte ergue-se imponente enquanto a outra está abaixada. Quebrada, não serve mais como ponte: não alcança o outro lado. Está incompleta. Gustavo senta-se junto de sua amiga. Depois de um tempo, ela aponta para a parte da ponte levantada e diz:

"Os meninos da região sobem até o topo. É um rito de passagem."

Gustavo ri: "confiança excessiva. Todos passamos por isso."

"Você fala como se fosse vinte anos mais velho. Eles são só um pouco mais novos do que você. Logo aprendem a sentar aqui e contemplar a vista. Algumas coisas vêm com a idade."

"Vêm. E outras se vão. Uma troca... De qualquer jeito, não se preocupe. Não vou tentar subir ali. Já desisti de te impressionar. E ando resignado com a minha mediocridade; com a verdade de quem sou."

Ana ri e, com certo ar de superioridade, completa:

"Não precisa me impressionar... E muito menos se autodepreciar. Fique quieto que já está bom demais."

Olhando a água, Gustavo medita por um momento. É difícil esquecer as suas preocupações, por mais bobas que sejam. Os dois ficam em silêncio e observam a paisagem. Ana pensa: no que Gustavo está pensando? Depois de um tempo, tenta reiniciar a conversa.

"A mais pura vida contemplativa. Olhando tudo, apreciando o tempo e a brevidade dos momentos, da vida e das coisas, sem nos preocuparmos demais ou criar teorias que ofusquem o que sentimos e queremos."

Gustavo parece distraído. Ana aproxima-se um pouco mais de seu amigo e insiste:

"Shelley dizia que os poetas são legisladores invisíveis do mundo; que são eles quem, no fundo, sabem como as coisas devem ser. Os críticos literários, os políticos ou os comerciantes tendem a esquecer, em nome de grandes verdades, o real valor das coisas simples; de momentos como este."

"Como assim os comerciantes?"

"São os poetas que garantem que está tudo em seu devido lugar; que as folhas, as cores e a água ainda são folhas, cores e água. Que a vida continua colorida por mistérios."

"Talvez o mundo seja mesmo dos poetas", continua Gustavo, "mas há tempos que deixei – deixamos? – de escrever poesia. Estamos mais para comerciantes, não? Só sabemos estudar e produzir artigos, escrever prefácios ou julgar uns aos outros. Talvez você ainda escreva outras coisas, mas não gosta de me mostrar, o que, convenhamos, é quase o mesmo que não escrever..."

"Pode ser, mas literatura tem dessas coisas. Tem um tempo próprio, devagar, indiferente às nossas ansiedades."

Gustavo suspira e diz:

"Sim, é o tempo das palavras."

"É preciso ter paciência; uma hora, quem sabe?, não voltamos a sonhar e a escrever..."

Os dois ficam em silêncio por um momento e Gustavo completa:

"Ana, poeta e salvadora de Gustavos. Então é esta a sua nova alcunha?"

A amizade permite que sejam afiados, que digam certas verdades e brinquem com os desejos um do outro. Mas não garante que eles se entendam por completo.

"Você não sabe falar sério, sabe?", continua Ana. "Às vezes acho que sou o outro do seu diálogo, aquela que não tem muita importância; o escravo que confirma aquilo que o filósofo tem a dizer."

Gustavo ri. Pensa se concorda ou não com sua amiga; se está ou não evitando falar sobre o que Ana gostaria de falar; se ele sabe, ao certo, o que *ela* quer.

"Desculpe. Eu ando mal-humorado", ele continua. "Acho que de artigo em artigo nossas vidas têm diminuído de tamanho. Para os outros, que não estudam o que estudamos, que não compartilham das mesmas obsessões, nos tornamos uns chatos."

"Não é nada. Acho que o seu mau humor me contagiou. Você precisa aproveitar mais o verão. Ele não vai durar muito tempo."

Ana aproxima-se ainda mais de Gustavo, como se estivesse com frio. Sente calor. Ele, distraído, não percebe, ou finge que não percebe a sutileza do gesto da sua amiga. Ana, como quem não quer nada, continua a conversa:

"Bonito o sol, não? Ele reflete na água e deixa tudo alaranjado, daqui à outra margem, como em um quadro expressionista. É um bom dia para começar a recolocar as coisas em movimento."

"Verdade."

"Fiquei feliz que você aceitou vir passear. Faz tempo que tento te trazer aqui e não consigo."

"É um lugar muito bonito."

"As pessoas costumam vir em casais. Os jovens da cidade dizem que é o lugar ideal para um primeiro beijo."

Ana aproxima-se mais de Gustavo, mas Gustavo, sem perceber a sua amiga, ou a tensão que os cerca, continua:

"Ou para fumar maconha."

Ana para por um momento, como se algo a tivesse atingido. Dois jovens passam andando do outro lado do rio. Gustavo deita olhando para o céu, afastando-se involuntariamente do corpo de sua amiga, que continua sentada. Pensativo, ele suspira. A sua passividade, devagar, parece vencer o desejo de Ana. Sentada, ela parece mais tímida do que antes. Olha para os seus joelhos. Depois de um silêncio prolongado, enquanto os dois escutam o barulho da água, Gustavo se levanta e vai até a parte vertical da ponte. Parece que vai subir, testa a madeira, sobe o primeiro degrau, mas desiste e volta até sua amiga. Sente uma vontade súbita de falar. Com mais energia do que antes, ele retoma a conversa:

"É possível estarmos tão perto e tão distantes ao mesmo tempo? Um dia estamos apaixonados, mas no outro olhamos para a mesma pessoa e não vemos nada de especial; ou ela olha para a gente e não nos vê como antes. É como se, de uma hora para outra, não fôssemos mais os mesmos."

Ana sorri, suspira e diz:

"Desencontros."

Sem escutá-la, Gustavo continua:

"O problema é que as pessoas não mudam na mesma velocidade; têm tempos diferentes. Nunca parecem estar na mesma página. Quando se encontram, o momento dura um lampejo e já estão distantes novamente, pensando em outras coisas, em outras pessoas." Num suspiro, Gustavo completa: "eu não mudei, mudei?"

"Você?", diz Ana com espanto.

"Foi ela quem mudou, internamente, sem me avisar."

Ana precisa de um momento para entender de quem ele está falando. Sente frio. Depois de um tempo, se recompõe e diz:

"Talvez ela não tenha percebido que mudou; ou talvez vocês dois tenham mudado sem perceber. Por que não?"

"Eu olho para ela e vejo a mesma pessoa. Mas ela, quando olha para mim, parece não me reconhecer. Irônico, não? Foi ela quem mudou sem aviso, quem passou a desejar outras coisas, só pode ser. Quando voltei do Brasil, ela simplesmente não estava mais aqui. Via tudo com outros olhos, inclusive a mim."

"Ou talvez ela tenha avisado", diz Ana com paciência, "mas você não percebeu. Às vezes é preciso ler nas entrelinhas."

"Não sei se há entrelinhas. Ela mudou, encontrou alguém mais interessante, que combina com a sua nova personalidade, e parou de se interessar por mim. Simples assim."

"Talvez. Mas todos mudamos. Acontece. E nem sempre percebemos a tempo; antes de ser tarde demais. Por isso os desencontros."

"Ainda assim: como pode? Uma hora as coisas mais idiotas e sem sentido que eu fazia eram engraçadas e interessantes. Mas de repente ela acha tudo maçante e sem graça. É difícil entender por que ela vê, em outro, o que há alguns meses via em mim. Não tem explicação."

"Relacionamentos são assim. Ou são, ou não são. Ou valem a pena, ou não valem. A gente só precisa ter sensibilidade para ver quando é hora de começar algo novo."

"Eu sei. Uma hora vou me conformar e seguir adiante."

Gustavo senta-se ao lado de Ana. Os dois olham a paisagem em silêncio. O vento balança as árvores na beira do rio. A água passa sob a ponte. A manhã já não existe mais. Gustavo suspira. Palavras, palavras, palavras. Ele sente fome. Quer voltar para o seu quarto, voltar a olhar os seus moinhos em silêncio.

"Vamos?", ele diz impaciente. "Temos uma bela caminhada até chegar no carro."

Ana olha para Gustavo com intensidade. Pergunta a si mesma se podem existir, ao mesmo tempo, mundos tão semelhantes e tão diferentes; se podem duas pessoas estarem tão próximas e tão distantes. Ela sabe que seus interesses se alinham, mas e seus desejos? Cansada, ela reclama:

"Você parece sempre pronto para ir embora."

"Não, não temos pressa", responde Gustavo um pouco contrariado. "Vamos quando você quiser."

Gustavo pega a máquina fotográfica e se levanta. Ana fica sentada olhando o seu amigo. Pensa em encontros e desencontros; no Gustavo e na Nicole, nela e no Gustavo, na Nicole e no Paolo. Gustavo, por sua vez, tira fotos da ponte e do rio, das pedras e de Ana. Tenta não pensar em nada. Devagar, de forma automática, anda até a trilha por onde chegaram. Ana, depois de um tempo sentada sozinha na ponte, se levanta e vai até ele:

"Vamos?"

"Tem certeza? Eu não quero te apressar."

"Não. Também tenho coisas a fazer. É melhor começarmos a voltar."

***

Como na vinda, mas ao contrário, vemos pelas janelas as mesmas árvores e casas, agora sob nova luz. É quase meio-dia. Incomodado com o silêncio, talvez se dando conta de que não era esse o passeio que sua amiga imaginara, Gustavo puxa conversa tentando soar animado.

"Gostei da trilha. O lugar é mesmo muito bonito."

"Achei que você fosse gostar. É um dos meus passeios prediletos na região."

"Precisamos repetir mais vezes essas escapadas. Às vezes acho que não sou espontâneo o suficiente; que preciso de um empurrão para sair da rotina, ou do quarto... Enfim, obrigado: eu estava precisando."

"Que bom. Vamos repetir sim. Em geral é você quem não pode... Quem está ocupado."

"A nossa vida é corrida; estamos sempre atrasados, sempre devendo alguma coisa."

"Não é só isso, convenhamos. Você só aceita meus convites quando já cansou de estudar... Ou quando ninguém mais te convida para algo melhor", diz Ana com ironia. "É uma questão de... prioridades."

Gustavo ri. Pensa na verdade do que diz sua amiga. Para manter as aparências, ele rebate:

"Nem vem. Sempre que posso, aceito os seus convites. Hoje, por exemplo, nem perguntei aonde íamos: peguei a máquina fotográfica e desci, como ordenado."

"Pois bem, então vou convidar outras vezes. Ainda preciso te levar à praia. Não acredito que você está aqui há quatro anos e ainda não entrou no mar. E digo mais: não foi por falta de convites."

Os dois riem.

"Está certo", completa Gustavo. "Não desista de mim. Este semestre vamos à praia, prometo. É que não gosto de areia."

Os dois ficam em silêncio por um bom tempo. Gustavo olha pela janela pensativo, como na vinda. Ana liga o rádio, que está na mesma estação de antes. Agora toca *Habanera*, de Bizet. *"L'oiseau que tu croyais surprendre / Battit de l'aile et s'envola. / L'amour est loin, tu peux l'attendre / Tu ne l'attends plus, il est là. / Tout autour de toi, vite, vite"*. Ana interrompe a música:

"Não é a mesma música que tocou na vinda?"

"Não me lembro. Será?"

Ana pensa por um momento. Não se lembra se era esta a música que tocava na vinda. Não sabe por que disse isso. Ela suspira.

"Não importa", diz, mudando de assunto. "Eu adoro esta parte da estrada. Ali naquela ilha tem um farol. Nada mais Nova Inglaterra."

"É mesmo. É tão... Pitoresco... Podia ser um conto do Melville...."

"Ou um romance da Virgínia Woolf... É diferente do Brasil, a paisagem no hemisfério norte, não é?"

"É diferente... Mas igual. Os mesmos dramas."

"Diferente, mas parecido. Igual nunca é."

Os dois voltam a ficar em silêncio. Pensam nos seus próprios desencontros. Finalmente entram em sintonia. Escutam o final da música: "*Il vient, s'en va, puis il revient. / Tu crois le tenir, il t'évite, / Tu crois l'éviter, il te tient!*" O carro deixa as estradas arborizadas e entra na cidade. Depois de algumas curvas, Ana estaciona na frente do prédio onde havia buscado Gustavo pela manhã.

"Chegamos."

"Chegamos? Não tinha percebido que já estávamos aqui."

"Gostou do passeio?"

"Muito. Obrigado por insistir. Eu realmente precisava espairecer um pouco e pensar em outra coisa."

Ana ri. De forma irônica e formal, completa:

"Não há de quê, *my dear*. É sempre um prazer."

Gustavo dá um beijo na bochecha de Ana, pega a mochila e sai do carro. Os dois ainda trocam algumas últimas palavras:

"Nos vemos amanhã?"

"Com certeza. Estarei na biblioteca. Podemos tomar um café."

"Você não quer almoçar?"

Gustavo pensa por um momento antes de responder.

"Não sei, estou um pouco atrasado com as aulas. Acho que vou comer algo rápido na biblioteca. Esta semana será uma correria só."

Ana sorri. Acostumada, responde:

"Claro. Eu passo lá para tomarmos um café."

Gustavo acena uma última vez e, com a mochila nas costas, vai até a porta do prédio. O sol está alto no céu. A luz forte dá novas cores à paisagem. A partir de agora, com o cair do dia, a luz esmorecerá aos poucos até sumir de vez. Gustavo entra no prédio sem olhar para trás. Com o carro estacionado, Ana observa o seu amigo desaparecer. Distraída, o acompanha com o olhar, medindo a manhã que passaram juntos. Fica no carro sozinha. Sorri. Desliga o rádio. Depois de algum tempo, que apesar de curto parece longo demais, volta a si mesma e, deixando Gustavo de lado, retoma o controle do seu dia, ou do que ainda resta dele. Ela dá a partida no carro e some ao fazer a curva no fim do quarteirão. Sobra uma casa, estática, sob o sol do verão. E, do outro lado da baía, dois moinhos que giram, vagarosos, indiferentes, como se sempre houvessem estado ali.

Dia Nublado

Era um dia nublado com uma nuvem bastante espessa. Não houve nenhum comboio e o velório foi no próprio cemitério; uma solução pragmática para acalmar a sua irmã que não queria um enterro sem velório, ainda que não pudesse estar presente. Era muita informação e ele não sabia exatamente tudo o que aceitara, mas achou muito caro um enterro custar quase dez mil reais. Não deveria ser tão complicado enterrar alguém. Agora que já assinara a papelada, pensou que não fazia sentido maquiar o seu pai. Dos outros enterros que frequentara nos seus cinquenta e poucos anos, nunca vira um morto que parecesse ele mesmo. Ligou para a funerária e perguntou se ainda dava tempo de fechar o caixão. Disseram que ele já estava maquiado e não poderiam devolver o dinheiro, mas ainda daria para tirar as almofadas e flores de dentro se ele quisesse. Não precisava. Podiam deixar tudo como estava e só lacrar a tampa. No cemitério, pediu que servissem café e biscoitos caso alguém aparecesse, mas não tinha certeza se alguém viria. Uma prima do seu pai disse que ligaria para os parentes e amigos mais antigos avisando do enterro. Com tudo acertado, mandariam o boleto depois, ele foi se sentar na sala onde o corpo chegaria. Mandou uma mensagem para a sua irmã avisando que estava tudo organizado; que ela não tinha com o que se preocupar. Era uma pena não poder vir dos Estados Unidos, mas na atual conjuntura, o certo era fazer tudo o mais rápido possível e sem aglomeração. Alguns minutos depois o caixão chegou carregado por quatro homens uniformizados.

Havia algo simbólico em enterrá-lo ao lado da esposa em vez de cremá-lo como havia pedido. Sua irmã não aceitara nem discutir a ideia. Eu sou cristã e não é assim que nós fazemos, ela disse. De um jeito que só fazia sentido para seus pais, ele achava que eles haviam sido felizes; que não foi por mera convenção que permaneceram juntos por toda vida. Nos últimos anos, quando conversava com o pai, sentia que ele não esperava mais nada do futuro; que se sentia contente com os seus oitenta anos. Falava, entretanto, com saudades da sua parceira. Morta há quase uma década, ele pensava pouco na mãe. Naquele dia tentou imaginar o que teria sobrado dela no jazigo da família depois de tanto tempo. Será que o broche, a única joia que ela possuíra em vida e com o qual o pai a enterrara, ainda estava no caixão, ou alguém o havia pegado? Quanto valia um dente de ouro? Ou um pino de titânio como o que seu pai colocara depois de quebrar a perna ao escorregar no banheiro há poucos meses? O Brasil era uma terra de desesperados, ele pensou. Lembrou ter lido no jornal sobre a prisão de um designer de interiores famoso que fora pego roubando dois grandes vasos de um túmulo no cemitério. A crise também era existencial. Aos poucos, percebeu que algumas pessoas chegavam ao velório e que não estava mais sozinho. Sentiu um alívio. Talvez não fora perda de tempo organizar tudo. Um primo que ele não via há anos procurava por ele. Ele acenou e ele veio até onde estava sentado.

Logo, outras pessoas também se aproximaram. Um tio que ele não lembrava estar vivo. Outros primos e primas que ele lembrava mais jovens. Alguns amigos do seu pai que, nos últimos anos, quando ele parou de sair de casa, haviam deixado de aparecer e ele esquecera da existência. Em meio à tristeza da perda, sentia a melancólica alegria do reencontro; de descobrir que havia outras pessoas que também se importavam com o seu pai. Era isso ter família. A sua irmã mandou uma mensagem agradecendo por ele ter tomado conta de tudo e reforçando que gostaria muito de estar presente, mas que realmente não fora possível. Ele suspendeu a sua desconfiança por um momento. Respondeu com um abraço apertado e mandou algumas fotos dos presentes. Enquanto esperavam, um dos amigos mais antigos do seu pai foi até o caixão e tossiu pedindo a palavra.

Contou como conhecera-o no colégio e disse que ele faria falta; que era um dos últimos amigos daquela época. Outras pessoas, algumas que ele nem mesmo sabia quem eram, seguiram contando alguma memória. Ele agradecia com o olhar, mas sentia não ter nada a dizer. Pensou que deveria, ao menos, ter trazido uma foto do seu pai para colocar em cima do caixão. Os últimos anos não foram fáceis e era quase um alívio poder, agora, reorganizar a sua vida. Ele precisava aprender a pensar no futuro. Mas que futuro?

Pontualmente, os homens do cemitério reapareceram para pegar o seu pai. Perguntaram se ele ou algum dos outros presentes gostariam de carregá-lo. Todos olharam para ele esperando uma indicação de como proceder. Não fazia diferença, eles mesmos podiam levá-lo. Os quinze ou vinte presentes seguiram pela longa aleia que levava ao jazigo da família que, agora, ele precisaria pagar. Será que sua irmã aceitaria dividir o valor? Não era muito, era um jazigo simples, pouco mais que um buraco, mas seria simbólico. Os seus pais e avós estavam todos enterrados ali. Lembrou que ao assinar a papelada para enterrar o pai, o informaram que caberia só mais uma pessoa ali. Se ele quisesse, poderiam aproveitar que iriam abrir o túmulo e juntar dois corpos em um caixão para liberar espaço. A ideia pareceu absurda e ele recusou. Achou curioso que o número de vagas fosse ímpar. Certamente o lugar que sobrava era o dele, que não tinha filhos nem esposa. A sua irmã iria querer ser enterrada em Miami, onde morava, a terra da oportunidade, como ela mesma dissera quando fora para lá com o marido. Ao chegarem no jazigo, ele já estava aberto e preparado para receber o caixão. Como não havia padre ou pastor presente, todos olharam para ele esperando que dissesse algo. Sem saber o que dizer, agradeceu a presença de todos como se fosse uma festa e se silenciou. Depois de um momento de silêncio, alguém puxou um pai nosso e todos seguiram. Ao terminarem, os quatro homens uniformizados desceram o caixão dentro do túmulo.

Enquanto esperava, ele olhou dentro da sepultura pensando no broche da sua mãe. Talvez estivesse ali, mas ele não sabia em qual dos caixões. Na época, não prestara atenção no enterro. Não precisava: o seu pai cuidou de tudo. Tomara, provavelmente, as mesmas decisões que ele precisou tomar. Não demorou para os homens fecharem tudo e cimentarem a entrada do jazigo. Enquanto encaixavam as pedras que cobriam a abertura, ele escutou um deles perguntando em voz baixa aos demais o que fariam depois do trabalho; se não queriam ir tomar uma cerveja com algumas amigas. Apesar do céu nublado e escuro, fazia calor. Não parecia que iria chover muito cedo. Andando de volta para o estacionamento, ele pensou que o cemitério e a morte não podiam chocá-lo. Quando criança, não havia parques perto de onde morava e era no cemitério que eles brincavam. Ele sorriu lembrando que costumava procurar túmulos mal fechados, pequenas casinhas onde poderia se esconder nas brincadeiras de pique-esconde. Todos, menos ele, tinham medo de entrar nesses esconderijos e por isso mesmo ele era sempre o último a ser encontrado. Às vezes as crianças desistiam de procurá-lo e iam embora. Ele continuava deitado em um dos túmulos, esperando o tempo passar em silêncio, até cansar da brincadeira e voltar para casa. É isso que significa estar morto, ele pensava, sentindo o cheiro agridoce das flores em decomposição. Se sua mãe soubesse onde se escondia nas brincadeiras, certamente não o deixaria mais sair para brincar com as outras crianças.

Quando chegou em casa e ligou o telefone, havia trinta mensagens no grupo da escola onde ele trabalhava. Um dos pais soubera do enterro e mandou os seus pêsames, ao que todos os demais responderam com condolências. Ele percebeu também que sua irmã havia ligado durante a cerimônia e deixado uma mensagem agradecendo por tudo o que ele fizera; agradecendo não só por ele ter organizado o velório, mas também por ter cuidado do papai nos últimos anos. Ela não se perdoava por não ter dado tempo de ele conhecer os netos pessoalmente, mas a vida andava muito difícil. Ele agradeceu as mensagens com um emoji. Não é que ele não gostasse da irmã, mas os dois nunca foram próximos e nos últimos anos se falavam o mínimo possível. Ele sabia que nos próximos dias precisaria tomar uma infinidade de decisões e não teria como evitá-la. Era diferente de quando a sua mãe morrera. O seu pai, na ocasião, decidiu que não mudaria nada e a sua vida continuaria como antes. Os vestidos ficaram nos armários, a poltrona desgastada continuou na frente da televisão, os shampoos e cremes continuaram no banheiro. Os livros de religião e autoajuda que sua mãe comprara nos seus últimos anos e dos quais ele sempre reclamou continuaram na estante da sala como se ela ainda os fosse ler. A sua irmã pediu para ficar com o broche de ouro que ela usava em ocasiões de festa, mas o pai já havia decidido enterrá-la com o presente e não houve como demovê-lo da ideia. Foi o começo dos desentendimentos entre os dois.

Desta vez as coisas seriam mais complicadas. Precisaria decidir o que fazer com as coisas acumuladas por duas vidas que não existiam mais. Não podia simplesmente deixar tudo como estava, ainda que preferisse assim. O apartamento, o único bem deixado por seu pai, para onde ele retornara depois do divórcio, logo depois da morte da sua mãe, precisaria ser vendido e o dinheiro dividido entre ele e a irmã. Ele precisaria mudar para um apartamento menor, o que não era um problema; mas a mesa de jantar, os tapetes e o aparador feito sobre medida não caberiam em uma sala menor. Tudo parecia um pouco absurdo. Abrindo os armários para avaliar o tamanho da empreitada à sua frente, ele encontrou coisas da sua infância que não sabia estarem guardadas. Uma pasta com as suas primeiras letras. Outra com desenhos feitos quando era criança. Todas as roupas de balé da sua irmã que só deixara de lado o sonho de ser bailarina quando conheceu o marido empreendedor. Noutro armário, encontrou os livros de um curso de marcenaria que ele fizera na adolescência. Ele não lembrava porque tinha largado o hobby. Provavelmente parou quando começou a dar aula em duas escolas diferentes para ganhar um pouco mais. Encontrou, também, os livros de inglês da sua irmã. Ele fotografou tudo e mandou para ela. O que ela gostaria de guardar? E o que ele deveria jogar fora? Se eles preferissem, poderia deixar tudo como estava até conseguirem vir de Miami ajudar nas decisões; fazer o luto juntos enquanto decidiam o valor de cada objeto.

No dia seguinte, ao acordar, havia uma mensagem da sua irmã reagindo às fotos com grande surpresa. Ela contava que sua filha havia ficado radiante ao ver que os collants e tutus da sua mãe eram rosas como os dela. Também falou que estava feliz em ver que ele estava bem, começando a cuidar das coisas do papai e da mamãe. As próximas semanas seriam de muito trabalho para ele, ela sabia. A mensagem continuava dizendo que ela sentia muito por não poder estar com ele nesta hora tão difícil, mas estava disposta a pagar alguém para ajudá-lo a desmontar a casa. Ela sabia que não era fácil, mas o melhor seria mesmo apressarem o inventário e esvaziar o apartamento para poder vendê-lo o mais rápido possível. O melhor era fazer tudo antes que o dólar subisse. O seu marido tinha certeza de que as coisas no Brasil ainda iriam piorar muito antes de melhorar. Acabar com a corrupção levaria tempo. Se não vendessem o apartamento logo, certamente perderiam dinheiro. Quanto às coisas guardadas, ela não teria como vir buscá-las, então ele podia pegar o que quisesse e vender o resto. Os móveis deveriam valer alguma coisa. A cristaleira fora da vovó e estava na família há anos. Talvez fosse de madeira de lei. Se ele a levasse a algum antiquário, certamente conseguiria uma boa avaliação. Ele concordou com uma resposta protocolar. Talvez o melhor fosse mesmo ser pragmático. Pela janela, percebeu que o dia continuava nublado e pesado como na tarde do enterro. Talvez fosse este o novo normal.

Olhando a quantidade de coisas nos armários e no quarto de empregada transformado em depósito, ele não sabia por onde começar. Pensou em ligar para a prima que o ajudara a organizar o enterro, mas desistiu. Era ele quem precisaria decidir o que fazer. E não adiantava começar a encaixotar as coisas se ele não tinha para onde levá-las. Não queria jogar nada fora, ao menos não antes de olhar tudo com calma e tentar entender por que os seus pais haviam guardado aqueles objetos por tanto tempo. Ele se lembrou que ao se divorciar, visitou quitinetes e apartamentos de um quarto antes de se mudar para a casa do pai e assumir de vez os seus cuidados. A irmã achou uma ótima ideia. A aposentadoria do pai dificilmente conseguiria pagar por tudo o que ele precisava e, naquele momento, ela e o marido não podiam ajudar mais do que já ajudavam. Se ele vendesse o apartamento, com a metade do dinheiro que lhe cabia, onde poderia morar? Nas quitinetes, com móveis sob medida e cômodos pequenos demais para um adulto, não haveria onde colocar tudo que ele gostaria de guardar. Se tivesse sorte, conseguiria um apartamento de um quarto em outro bairro da cidade. Ele não precisava de mais do que isso, é verdade. Mas precisava de tempo para pensar. Era uma violência jogar algo fora sem nem mesmo considerar o seu significado. Os enfeites que ficavam na mesa de centro da sala, uma infinidade de quinquilharias trazidas das diversas viagens que seus pais fizeram nos quase cinquenta anos em que passaram juntos, os pratos que faziam o papel de quadros pendurados nas paredes da sala pela sua mãe. Por quanto tempo era preciso guardar os recibos do imposto de renda do seu pai? E os documentos e extratos de banco? Ele precisava ligar para o advogado e marcar uma conversa. Talvez fazer uma lista com tudo o que precisava fazer. Era melhor começar logo, antes que o seu cunhado se sentisse no direito de vir ele mesmo resolver as coisas.

O advogado, entretanto, só poderia atendê-lo na semana seguinte. Enquanto esperava, tentou começar a separar aquilo que gostaria de guardar. Mesmo com a cama coberta de roupas, bolsas, ternos e sapatos, os armários continuavam repletos. Sem ter onde colocar mais coisas, deixou tudo como estava. Passou a ver televisão por longos períodos, algo que não fazia há muito tempo. Saltava de um canal a outro sem terminar de assistir a nenhum programa. Achava curioso como eram todos parecidos. Ocupava suas tardes com programas jornalísticos em canais diferentes, mas sempre com um apresentador gritando agitado, falando com um diretor que não aparecia na tela. Mostre o criminoso. Coloque o bandido na tela para todo mundo ver. Onde está o poder público nessas horas? Não é uma criança, é um traficante, diretor, coloca na tela. Cana neles! Enquanto via televisão, chegavam mensagens esporádicas no grupo da escola. Uma dessas mensagens conclamava os membros do grupo a saírem às ruas em apoio ao governo e contra o avanço comunista. Ele pensou nos primos do seu pai, nos amigos de longa data que foram ao enterro, na sua irmã e no cunhado em Miami: em quem eles teriam votado nas últimas eleições? A dúvida se sobrepunha ao sentimento de acolhimento que ele sentira no dia em que seu pai morreu. Era essa dúvida que impedia que ele ligasse para algum primo ou prima; que chamasse algum amigo para ajudá-lo a desmontar o apartamento?

   Nesta mesma noite ele teve um sonho, algo que não acontecia desde a sua adolescência. Sentado no apartamento, vendo televisão, um cheiro forte que parecia vir do quarto começou a incomodá-lo. O cheiro aumentava tornando-se insuportável e ele foi procurar a sua origem. Era o cheiro de um corpo putrefato. Ele abriu os armários, as gavetas, o gabinete do banheiro, e o cheiro parecia estar em toda a parte. Procurou, sem sucesso, a origem do fedor. Não havia nada de errado no quarto. Mas o carpete, a roupa de cama e as cortinas pareciam impregnados por um corpo em decomposição. Ele buscou na cozinha uma lata de Bom Ar e começou a colocar perfume nos móveis na esperança de que o cheiro fosse escondido por outro mais ameno. Ninguém compraria uma casa fétida como aquela. O que ele diria à sua irmã? Foi quando abriu a janela para ventilar que percebeu que o cheiro não estava somente no quarto, mas adentrava na casa com a brisa da rua. Inconformado, procurou na calçada a origem daquilo tudo, sem encontrar nenhum amontoado de lixo ou animal morto que pudesse explicar o cheiro que ele sentia. Coberto por uma grande e espessa nuvem semelhante à que cobria São

Paulo há semanas, ele seguiu pelas ruas procurando encontrar o culpado por aquilo. Foi quando cruzou com alguns transeuntes que entendeu o que acontecia. O odor de decomposição parecia vir dos próprios pedestres caminhando despreocupados pela cidade. O cheiro estava em toda a parte, mas só ele parecia se incomodar. Foi então que percebeu que aquilo começava a se impregnar em seu cabelo, na sua roupa, nas fissuras da sua pele. O cheiro também vinha dele. Cada vez mais incomodado, ele correu de volta para casa e experimentou tomar um banho, mas a água do chuveiro, uma água densa e escura, não parecia limpá-lo. Restava se acostumar, como todos os demais, com a nova realidade? Com o fedor que o acompanhava aonde quer que ele fosse? Logo que acordou, viu uma mensagem da sua irmã perguntando como andavam as coisas com a casa, se ele precisava de alguma ajuda. O seu marido iria pedir que um amigo promotor tentasse apressar o inventário. Talvez conseguissem terminar tudo até o final da semana.

Ele passou a manhã toda com dor de cabeça e resolveu sair para comprar um analgésico mais forte do que os que encontrara na nécessaire do seu pai. Precisava retomar a arrumação e ir atrás de um apartamento para ele, mesmo que temporário. Ao sair, um pressentimento ruim tomou conta dele. Como no sonho, a cidade continuava coberta por uma nuvem espessa e escura. Quando voltasse, telefonaria para o amigo do seu cunhado. Precisava retornar as ligações do corretor que sua irmã contatara de Miami e que deixara diversas mensagens para ele nos últimos dias. Ela também lhe mandara um link para uma loja de móveis usados. Na farmácia, enquanto esperava na fila, pensava no sonho que tivera. Questionava se por trás do cheiro de álcool em gel da farmácia não haveria um grande fedor. Na televisão, acima do caixa, um homem, que ele conhecia das suas tardes vendo televisão, entrevistava um senhor de jaleco branco. A nuvem que cobria a cidade, ele dizia, não era uma nuvem qualquer, mas um acumulado de fumaça vindo de diferentes queimadas que aconteciam no país. Quando precipitasse, a chuva carregaria essa fumaça; traria consigo partículas tóxicas. Era bom evitarmos sair de casa. A sua dor de cabeça só aumentava. Ainda na fila, ele abriu a caixa do remédio que pegara e tomou um comprimido. Pensou que precisava de algo ainda mais forte; pensou que talvez devesse ligar para alguém e contar do sonho que havia tido. Quando saiu na rua, a nuvem parecia ainda mais baixa e pesada. O telefone tocou. Era o advogado, mas ele não atendeu. Viu que havia uma mensagem dos Estados Unidos, mas não era do número da sua irmã. Quando a abriu, viu que era do seu cunhado. Ele dizia ter tomado a liberdade de lhe escrever. Queria explicar que os negócios em Miami não iam muito bem e eles precisavam do dinheiro do apartamento o mais rápido possível. Ele sentia muito pela perda dele e de sua irmã. Conhecia muita gente em São Paulo, inclusive algumas pessoas importantes: o que ele precisasse para apressar as coisas podia falar diretamente com ele.

A ida à farmácia o deixou exausto. Ao sentar no sofá, percebeu que no grupo de Whatsapp da escola uma mensagem emendava na outra, numa grande corrente sem fim ou direção. Pensou em desligar o telefone até terminar tudo o que precisava fazer. Mas como o corretor e o advogado entrariam em contato com ele? Talvez fosse melhor elencar as prioridades mais urgentes. Ele ainda precisava fechar as contas do pai no banco. Precisaria da assinatura da sua irmã para isso ou só o atestado de óbito bastaria? Lembrou ter visto no jornal que os técnicos do INSS estavam em greve. Como faria para cancelar a aposentadoria do seu pai? Era melhor ir procurar um apartamento ou começar a empacotar as coisas? O seguro saúde do pai que ele pagara nos últimos anos cairia na semana seguinte. Apesar de ter comprado o seguro no banco, disseram que ele precisava cancelá-lo na própria seguradora. Nada fazia muito sentido. Por impulso, como o telefone continuava tocando, abriu o Whatsapp para ler as mensagens. Algum dos pais enviara uma foto de uma floresta pegando fogo. Embaixo, outro escrevera que sempre houvera queimadas no Brasil.

Era assim que os índios faziam o seu roçado. Outro completou que até as nuvens, agora, eram culpa do presidente. A esquerda não tinha limite nas suas mentiras. A sua cabeça continuava doendo. Da janela ele via que o dia parecia prestes a desabar. O celular tocou outra vez. Uma mensagem do seu cunhado avisando em qual cartório ele deveria entregar a papelada do inventário e o nome da pessoa que deveria procurar para apressar as coisas. Já estava tudo combinado. O nome da rua parecia familiar, mas ele não sabia onde era. Se começasse a encaixotar as roupas, talvez uma coisa levasse a outra e logo tudo se resolveria. O mais difícil era começar. O grupo de Whatsapp da escola continuava gerando alertas no seu celular.

O cheiro de mofo dos ternos que seu pai não usava desde a sua aposentadoria, somado ao cheiro de naftalina dos vestidos da sua mãe guardados há quase dez anos, pareciam piorar a sua dor de cabeça. Na televisão ligada na sala, um jornalista gritava para ninguém sair de casa. A cidade precisava estar alerta. Onde estava o poder público nessas horas? Talvez ele precisasse de um remédio ainda mais forte. Oprimido pela quantidade de caixas, pela bagunça que a casa se tornara, resolveu dar uma volta para ver se conseguia reorganizar as suas prioridades. As ruas, apesar dos gritos alarmados do repórter na televisão, continuavam movimentadas. A nuvem deixava tudo mais sombrio, multiplicada pelo próprio reflexo nos vidros dos arranha-céus. Ele precisava de um lugar calmo pra pensar. Diante da sua falta de respostas às últimas mensagens, a irmã passara a telefonar com insistência. Pensando aonde ir, em qual parque poderia se esconder por um minuto, o único lugar que veio à sua cabeça foi o cemitério, o mesmo onde o seu pai fora enterrado há alguns dias e que não era longe da sua casa. Ninguém perguntaria por que ele estava ali; ninguém se importaria se acompanhasse um enterro pouco movimentado, se oferecesse as suas condolências a um desconhecido. Ele também não conhecia todas as pessoas que passaram pelo enterro do seu pai, todos que vieram cumprimentá-lo no final da cerimônia.

Andando pelo cemitério, ele via diferentes procissões seguirem homens uniformizados. Algumas com até menos pessoas do que o enterro do seu pai. Um enterro vazio, ele pensava, não era mais triste do que um enterro cheio. Do que valia o sentimento de solidariedade que ele sentira no dia do enterro diante da confusão que sentia agora? Ele, que sempre soubera não esperar nada de ninguém, se via decepcionado. Sentia raiva por seus pais terem guardado tantas coisas por tanto tempo sem nunca as terem tirado do armário; sem nunca terem explicado para ele por que as guardavam. No cemitério, a ausência de passarinhos e vozes, somada à presença espessa e cinza da nuvem que cobria a cidade, indicava que a tempestade estava prestes a começar. Se chovesse, como fariam com os enterros que já estavam em andamento? Um floco de cinza molhada caiu no seu casaco. Ele se sentia desconcertado. Era impossível fazer as coisas como queria; como ele sabia que elas precisavam ser feitas. Ele nunca terminaria a tarefa que tinha diante de si se prestasse atenção em tudo que ele gostaria de prestar; se atentasse para o valor e significado de cada objeto à sua frente. Talvez a sua irmã e o seu cunhado tivessem razão. Talvez o melhor fosse simplesmente deixar tudo para trás, entregar a casa com tudo dentro e deixar que o próximo morador se preocupasse, ou não, com a vida que ainda permeava aqueles objetos. Mas esse era só um dos problemas que ele precisava enfrentar. Ainda precisava encontrar outro lugar onde morar. E como voltar, depois desses meses de recesso, para a escola? Para um mundo que ele agora sabia estar esfacelado? Um mundo que talvez nunca tivesse existido, mas que mesmo assim exigia a sua participação e entrega?

O celular continuava tocando. Um menino passou correndo. Ele não sabia mais o que procurava. Outra cinza caiu na sua frente. Andando entre os túmulos, viu um mausoléu um pouco maior que os demais, com uma pequena porta enferrujada e entreaberta. Era perfeito. Sem pensar duas vezes, forçou as dobradiças até que abrissem e, com discrição e cuidado, como fizera tantas vezes quando criança, entrou no pequeno salão e deitou no chão de cimento. Prostrado, ele enxergava pela pequena janela o céu cinza escuro e a chuva que começava a cair. O barulho no telhado o abraçava. Ele pensava no conforto que era estar ali sozinho, certo de que ninguém o encontraria. Não pensava mais no inventário, nem na casa que precisava encontrar, muito menos no seu telefone. Focava, somente, na sensação gelada do cimento em seus braços. De olhos fechados, pensava no seu próprio corpo e no que inevitavelmente aconteceria com ele. Pensava na sua pele ressecada se esticando até o rompimento. Nos tecidos moles que se decomporiam primeiro. No cheiro de podridão que ele exalaria. Na vida que surgiria a partir da sua morte. Pensava que, como ele, todos estavam mortos, mesmo que não soubessem. A água da chuva escorria pelas paredes e molhava a sua camisa. Ele pensava na cidade vazia. Nas folhas verdes que cresceriam pelas escadas dos shoppings e supermercados. Nas heras que subiriam nos prédios quando não houvesse mais ninguém para apará-las. Nas construções que se tornariam ruínas pela falta de manutenção. Pensava na água que finalmente lavava os céus escorrendo escura pela cidade. Uma chuva esperada há dias e que, agora ele sabia, viera para acabar, de uma vez por todas, com a praga que nos tornáramos. Pensava no seu pai e na sorte que ele tinha de simplesmente não estar mais ali para ver tudo isto.

Lutar Com Palavras

Vilma Arêas

> *A arte conserva, e é a única coisa no mundo que se conserva [...], mas a única lei da criação é que o composto deve ficar de pé sozinho.*
>
> Gilles Deleuze e Félix Guattari[1]

É mais do que citada a explicação de um escritor, ao entregar um texto que lhe fora encomendado: "está longo assim porque não tive tempo de fazê-lo curto".

Marcelo Lotufo não corre esse risco. É evidente, pelo resultado logrado, que o autor dedicou o imprescindível tempo longo para pesar, corrigir, refazer ou experimentar os cinco contos deste breve livro. Convenhamos que colocar a literatura acima da presunção autoral e a favor do tom despretensioso é uma escolha inesperada num ficcionista estreante.

Cada um a seu modo surpreende desde a primeira leitura, pela disposição funcional do con-

---

[1] *O que é a filosofia?* (trad. Bento Prado Jr. e Alberto Alonso Muñoz). São Paulo, Editora 34, 2ª ed., 1997, p. 213.

junto, sem exclusão de observações sobre nosso contexto. Assim, os motivos das narrativas são atravessados por preocupações comuns a todos nós, e controlados por temas na maioria das vezes ao redor da família, o que também nos diz respeito. O ritmo produzido pelo jogo e pela variação dos narradores acentua o sentido dos contos, pela mudança da direção do olhar que se sucede. Decidi apoiar este meu comentário nesse aspecto da composição, pois verifiquei que de forma harmônica, vistos em conjunto, dois contos possuem um narrador em primeira pessoa, outros dois na terceira e um deles, misturando as duas primeiras possibilidades, permite que um sopro de vida faça "Nora Helmer" estremecer. Esta variação do viés do olhar não significa apenas um mero desvio, mas uma permuta de perspectivas, segundo o ritmo que rege o conjunto.

Exemplifico: "O tempo dos beija-flores" e "Passacaglia literária" são narrados na primeira pessoa, o que permite que se correspondam apesar da diferença de tom, abrindo para nós o cenário das preocupações filosóficas e literárias do autor. De um lado, os beija-flores, "de certa forma parte de minha história", confessa o narrador, são utilizados como senha à especulação dos possíveis saberes sobre o valor e o sentido da literatura, do tempo e dos sentimentos. Nada disso é simples. Como já afirmou Carlos Drummond de Andrade, em 1941, "lutar com palavras é a luta mais vã". Por outro lado, também se disse que o valor não pode ser objetivado ou conceituado, porque é "exterior ao mundo"[2]. Se isso nos pode levar à dúvida e à desistência da luta, por outro lado, o último fragmento de "O tempo dos beija-flores" nos oferece poeticamente um consolo, levado pela observação de que o voo dos beija-flores possa nos resgatar.

> [...] às vezes nos colocando em um ensaio como este, às vezes nos revivendo em uma lembrança que vale por muitas manhãs. E, quando tudo já está terminado, contra todas as probabilidades, como beija-flores parados no ar, voltamos a bater asas; voltamos a existir.

"Passacaglia literária" retoma o mesmo tema em outro tom, agora direto e pragmático, desde a pergunta insistente "o que é literatura?". A investigação se desenrola ciente de que "nada, entretanto, é menos estimulante do que respostas prontas. Nada é menos literário.[...] literatura é algo que habita os limites da sua própria definição, evadindo aqueles que tentam explicá-la". Mas o narrador, escritor e jornalista, bem ou mal tem que explicá-la a partir de uma incumbência de trabalho.

"Passacaglia", que eu saiba, é uma tradução do espanhol "pasacalle", originalmente significando uma composição de ritmo muito vivo,

---

[2] Bento Prado Jr., *Erro, ilusão, loucura*. São Paulo, Editora 34, 2004, p. 111.

tocada nas ruas em festas populares. Nada mais apropriado à narrativa do que esta definição, que baixa a literatura de suas supostas especificidades para situações concretas. Agora entra também em cena o ter de ganhar a vida. Assim, um narrador meio indisposto busca apoio em seus trabalhos anteriores, afobadamente, com um "ritmo muito vivo", pois tem de "terminar a encomenda no curto prazo de que dispunha". Baseia-se assim num texto antigo de sua própria lavra, que retoma palavras do grande violoncelista chinês-americano Yo-Yo Ma, certa vez enredado numa grande maratona musical "que nos envolvia como um cobertor metafísico".

O que interessa imensamente no conto é justamente o desenvolvimento das etapas necessárias para se construir qualquer texto. No caso, entra também a dificuldade de aproximar música e linguagem, mesmo havendo, nesta, "algo de musical". Outra vez, de modo claro e desta vez não alusivo, como em "O tempo dos beija-flores", o narrador nos mostra sua situação concreta, ao lado de nosso lugar de leitores:

> Eu precisava terminar logo a encomenda e voltar aos contos do meu primeiro livro que, há pelo menos dois anos, pareciam estar quase terminados sem nunca de fato estar.

O primeiro livro é *este* que lemos, não é? Entramos e ouvimos a confissão. Estamos juntos.

Continuando nosso passeio, "Pássaro rebelde", espécie de comédia de erros do amor, envolve dois jovens universitários; ela está apaixonada pelo colega, que não a "vê", pois ama outra que o abandonou. Ela deseja confessar o amor que sente, mas não consegue. Este resumo apressado não faz justiça à delicadeza do conto, que pode ser completamente definido por alguns trechos de "O tempo dos beija-flores", como na citação abaixo, o que prova a irradiação de motivos entre os contos:

> Às vezes é muito difícil dizer o que queremos. É preciso dar voltas e voltas e mais voltas; ou talvez voar em círculos. É preciso usar de tangentes; de milhares de artifícios. Às vezes é preciso até mesmo se perder. Ou, talvez, não dizer nada. Ou dizer tudo, menos o que realmente queremos dizer. Às vezes nem mesmo importa o que dizemos; mas, às vezes, faz toda a diferença.

"Pássaro rebelde" e "Dia nublado" são escritos na terceira pessoa, que estabelece a distância necessária para a análise. Assim podemos afirmar que este último é um dos melhores contos do conjunto, encerrando o livro com chave de ouro. É centrado nas providências a tomar e nas consequências de uma morte em família, com seu farrancho de interesses financeiros e desavenças pessoais meio encobertas. Naquela conjuntura se esclareçam. A resolução inesperada do conto nos mostra o protagonista atormentado, andando pelo cemitério, rodeado pela nuvem escura da tempestade que se aproximava. Depois de muitos aborrecimentos e tarefas de que não conseguia se livrar, buscou asilo num túmulo, talvez ali se abandonar até a morte. Esta solução pode soar como o grito estridente dos filmes de terror. Mas logo somos corrigidos numa pirueta inesperada, quando percebemos que o ato, suicídio ou não, na verdade era uma retomada comovente de brincadeiras infantis no cemitério, perto da casa onde a família morava. Somos agasalhados junto com o personagem, numa aprendizagem do sofrimento.

> [...] viu um mausoléu um pouco maior que os demais, com uma pequena porta enferrujada e entreaberta. Era perfeito. Sem pensar duas vezes, forçou as dobradiças até que abrissem e, com discrição e cuidado, como fizera tantas vezes quando criança, entrou no pequeno salão e deitou no chão de cimento.

Essa solução recoloca o conto longe dos recursos extravagantes da literatura condescendente. Se existe terror, ele tem o calibre dos dias de hoje, presente desde "Passacaglia literária", com a alusão à perseguição de jornalistas.

Finalmente, o conto número dois retoma o tema de *A casa de bonecas* (1879), de Henrik Ibsen. A peça escandalizou a Europa na época por se tratar de uma mulher, Nora Helmer, que abandona lar e filhos em nome da realização pessoal. Como todos sabemos, a consciência é um produto histórico, com desenvolvimento não simultâneo onde se propaga. Não por acaso, Lotufo escolheu retomar a peça de Ibsen, no momento retrógado em que vivemos. O conto é narrado a partir da aliança da primeira e terceira pessoas, que falam de lugares diferentes, embora na mesma casa. Como resultado, temos uma espécie de texto espelhado, em que o sentido do desencontro de um casal em crise é esclarecido pela fala em primeira pessoa do filho pequeno, enquanto conversa com um adulto incógnito, funcionando como uma espécie de máscara, fora dos holofotes.

As vozes de ambos vêm na mesma pauta, misturadas, formando um acorde, que em sua emissão simultânea dificulta a identificação dos falantes. Talvez o adulto seja o psicólogo aconselhado pela escola do menino, pois este não ia bem e "não socializava". Participar ou não dessa solução fora o motivo do último desentendimento do casal. Isso significa que o compasso das vozes duplicadas também desdobra o tempo, atirando a narrativa ao mundo pelo avesso dos espelhos. A criança e o suposto psicólogo não estão *aqui*, como pensamos, pois já pertencem ao futuro, com os pais já separados. Certamente deprimido, o menino não quer falar no assunto:

Você quer ir embora? Não quero. Agora eu vou morar aqui, pode avisar a mamãe. Ela não precisa mais vir me buscar. Mas eles vão sentir a sua falta, não vão? Agora é vaca amarela, tá bom? Ninguém pode mais falar. Nem eu e nem você. E também não pode perguntar. Porque perguntar é falar.

Entretanto, o que considero de interesse particular em todos os contos, que são diferentes, mas tem a atravessá-los um mesmo fio, concentra-se no *timbre* da voz do narrador, que nos convence de sua autenticidade. Às vezes essa voz se aproxima do ensaio, como foi dito, mas se mostra sempre despojada diante do leitor, puxando-o muitas vezes para dentro do texto que escreve.

Escolho, para encerrar, o fragmento número 12 de "O tempo dos beija-flores", com o seguinte comentário a *O lobo da estepe,* de Herman Hesse:

> Eu acrescentaria um adendo: pior do que nunca encontrar o que se procura, é descobrir que aquilo que procurávamos era exatamente o que escolhemos deixar para trás e ao qual já não podemos mais retornar.

Deste modo, Lotufo nos entrega uma das chaves não só de "O tempo dos beija-flores", mas do livro inteiro, que podemos resumir na impossibilidade de controlar satisfatoriamente a vida. É só um exemplo da vocação investigativa desses textos. A citação está no meio de um conjunto de vinte e três fragmentos. Como um número ímpar ao se dividir não dá conta exata, essa não-coincidência sublinha, pelo desencontro, o engano e a perda irrecuperável do que por distração deixamos para trás. Às vezes não por distração, porque o narrador está completamente concentrado na elaboração da escrita, com a promessa de alcançarmos o que resta invisível nas entrelinhas.

Vilma Arêas

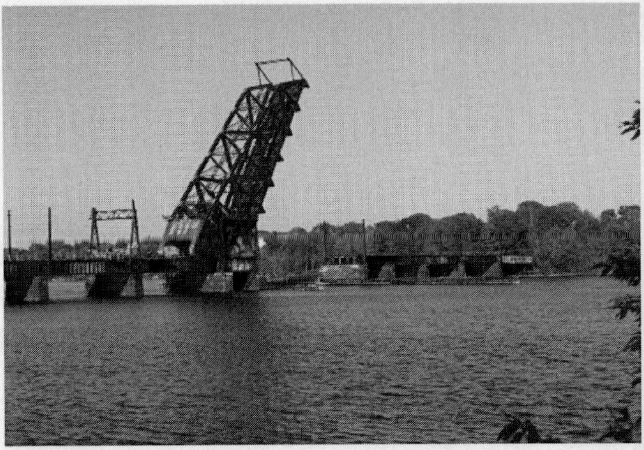

Agradecimentos do autor

Ao jornal Rascunho, por ter publicado uma versão do conto "Pássaro Rebelde," ainda com o título "O tempo das palavras," em seu número 202, de fevereiro de 2017;

À Vilma Arêas, por incentivar a escrita e a publicação deste livro, assim como pelo posfácio tão generoso;

Ao Eric Mitchell Sabinson, *in memoriam*, pela inquietação e longas conversas sobre a vida;

Ao Rodrigo Alves do Nascimento e ao Daniel Francoy, pelas leituras, sugestões e amizade;

Aos demais amigos que compartilham o amor pelas letras e sem os quais a literatura teria menos graça;

À Cláudia Alves, pela leitura generosa e pela parceria que vai muito além da literatura;

Aos meus pais, Eliana e João Paulo, e meus irmãos, Guiherme e João, pela paciência e anos de aprendizado.

Outros títulos das Edições Jabuticaba

Discoteca Selvagem
Cecilia Pavón
trad. Mariana Ruggieri e Clarisse Lyra

Estrelas brilham, mastigam lixo
Reuben
posfácio Júlia de Carvalho Hansen

Sereia no copo d'água
Nina Rizzi
posfácio Estela Rosa

Por qual árvore espero
Eileen Myles
trad. Mariana Ruggieri, Camila Assad e Cesare Rod

Virá a morte e terá os teus olhos
Cesare Pavese
trad. Cláudia T. Alves e Elena Santi

A invenção dos subúrbios
Daniel Francoy
posfácio Guilherme Gontijo Flores

Que tempos são estes
Adrienne Rich
trad. Marcelo F. Lotufo

Por trás e pela frente primeiro
Kurt Schwitters
trad. Douglas Pompeu

As Helenas de Troia, NY
Bernadette Mayer
trad. Mariana Ruggieri

O método Albertine
Anne Carson
trad. Vilma Arêas e Francisco Guimarães

O hábito da perfeição
Gerard Manley Hopkins
trad. Luís Bueno

Os elétrons (não) são todos iguais
Rosmarie Waldrop
trad. Marcelo F. Lotufo

Cálamo
Walt Whitman
trad. Eric Mitchell Sabinson

Poemas mais ou menos de amor
Diane di Prima
trad. Fernanda Morse

Ova Completa Susana Thénon
trad. Angélica Freitas

Sotto Vocce e outros poemas John Yau
trad. Marcelo Lotufo

Rua Maravilha Tristeza Frederico Klumb

Percurso livre médio Ben Lerner
trad. Maria Cecilia Brandi

O velho que não sente frio Daniel Francoy

Vontade de ferro Nikolai Leskov
trad. Francisco de Araújo

Cidadã Claudia Rankine
trad. Stephanie Borges

A gaveta e o abismo Gabriela Guimarães Gazzinelli

X, Y, Z Carolina Tobar
trad. Marcelo Lotufo

Necrópole Vladislav Khodassiévitch
apresentação: Bruno Barretto Gomide

Pastores e mestres Ivy Compton-Burnett
trad. Vilma Arêas e Marcelo Lotufo

Meus poemas não mudarão o mundo Patrizia Cavalli
trad. Cláudia T. Alves

Bate um coração I. Acevedo
trad. Paloma Vidal

Botões Tenros Gertrude Stein
trad. Arthur Lungov

SOBRE O AUTOR

Marcelo F. Lotufo é professor, escritor, tradutor e editor. Já deu aulas no Brasil, nos Estados Unidos e na França. Para as Edições Jabuticaba, traduziu *Sotto Voce e outros poemas*, de John Yau; *Que tempos são estes*, de Adrienne Rich; *Os elétrons (não) são todos iguais*, de Rosmarie Waldrop; *x, y, z*, de Carolina Tobar; e, junto de Vilma Arêas, *Párocos e Mestres*, de Ivy Compton-Burnett. Publicou também ensaios e contos em diferentes revistas, como *Revista Pessoa*, *Jornal Rascunho* e *Suplemento Pernambuco*. *Cada um a seu modo* é o seu primeiro livro e foi finalista no prêmio jabuti de 2021.

Este livro foi impresso na gráfica PSI7, em papel pólen natural 80 g/m² (miolo) e cartão 250g/m² (capa) e composto em Garamond

ISBN 978-650013047-8